血[혈]界[계]戦[전]線[선]

-GOOD·AS·GOOD·MAN-

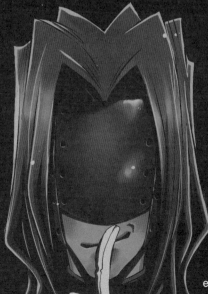

나이토 야스히로
원작·일러스트
아키타 요시노부
지음

eXtreme novel

Steven A. Starphase

스티븐 A. 스타페이즈

에스메랄다식 혈동도를 구사하
는 라이브라의 부관.

Chain Sumeragi

체인 스메라기

첩보, 수색, 추적을 담당하는 투
명 늑대인간.

Zapp Renfro

재프 렌프로

두류혈법 「카구츠치」를 구사하
는 갈색 피부의 활달한 양아치.

Leonardo Watch

레오나르도 워치

「신들의 의안」 보유자. 전투력
은 낮다.

Klaus V Reinherz

크라우스 V. 라인헤르츠

비밀결사 라이브라의 리더. 거구에 위압감
있는 존재지만 행동은 조용하고 신사적이
다. 블렝그리드 혈투술의 고수.

Sonic

소닉

레오를 잘 따르는 음속
원숭이. 지능은 높다.

Zed O'Brien

제드 오브라이언

두류혈법 「시나토베」를 구사하
는 예의바른 반어인.

Gilbert F. Altstein

길베르트 F. 알트슈타인

크라우스의 집사. 온몸을 붕대
로 감싼 재생자.

K·K

K. K

전격을 두른 혈탄 격투기를 구
사하는 장신의 레이디.

FEMT

타락왕 페무토

심심풀이와 변덕으로 혼돈을
흩뿌리는 밥벌레.

도시의
이름은
헬사렘즈 로드.

한때는
뉴욕.

하룻밤 만에 구축된
안개의 도시 「헬사렘즈 로트」

공상 속의 산물로만 그려졌던 「이세계」와 현실을 잇고 있는 도시.
그 전모는 아직 인류의 지혜가 미치지 못하는 저편에 있어,
안개 속 심연을 들여다볼 수는 없다.
인간은 일으키지 못하는 기적을 실현하는 이 장소는
향후 천 년 동안 세계의 패권을 좌지우지할 장소라고도 불리며
온갖 의도를 가진 자들이 활개를 치는 도시가 되었다.
그런 세계의 균형을 유지하기 위해 암약하는 조직이 있었다.

그 이름은 「비밀결사 라이브라」.
그들은 오늘도 불안정한 세계에서 싸우고 있다….

| 보통

흔한 것,
대다수와 같은 것.
대개, 일반적, 통상적인 것.

GOOD GOODMANS

B3

CONTENTS

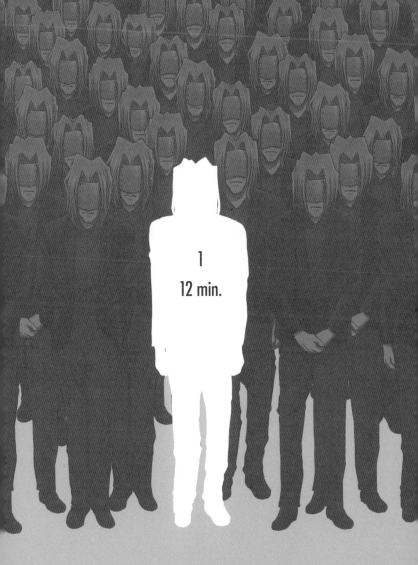

1
12 min.

(특이점을 심는 데는 문제없는 시간)

GOOD AS GOOD MAN

지배는 쉽다.
파괴는 더욱 쉽다.

창조도 그렇게까지 어렵지는 않다.

창조하고 뒷일을 피조물에게 맡기는 것. 이건 조금 짜증스럽기는 할 거다.

피조물의 의문에 답하는 것. 난해하지는 않지만 귀찮다.

한도 끝도 없이 계속 이어지는 시답잖은 요구에 화가 치밀어, 행성을 물에 가라앉히거나 말거나 하는 것…. 뭐, 기회가 된다면 한 번쯤은 해 볼만 할 테고, 그렇게까지 어렵지는 않을 것 같다.

어디….

무려 7초 동안 침사묵고(沈思默考)의 시간을 가진 후, 타락왕 페무토는 홀로 중얼거렸다.

"……어째서일까……."

하지만 영겁의 시간을 사는 자에게서 7초라는 시간을 빼앗은 그 충격은 쉬이 가시질 않았다.

"살짝 이상하다고 생각지 않나? 으응?"

그렇게 물었지만 답은 없었다.

그는 잠시 기다렸다가 다시 말했다.

"아니, 졌다고 불평을 하려는 것이 아니야. 게임이니 말이지. 그렇게까지 막돼먹지는 않았어. 팽팽하게 맞붙어 싸웠으니 그로 족하다고. 하지만 납득이 돼야 말이지."

아무도 대답하지 않았다.

그럴 만도 하다. 일반적으로 생각해 보았을 때 3만 피트 상공에 잡담을 나눌 상대가 있을 리가 없으니.

타락왕은 지상에 위치한 헬사렘즈 로트를 내려다보았다.

이 고도에서는 구름밖에 보이지 않았다. 지상까지 내려가면 그것은 안개가 될 테고, 그 안으로 들어가면 도시가 있다. 그리고 그 도시의 아래는 심연과 연결되어 있다.

보통은 대답이 없으면 이야기를 그치기 마련이다.

하지만 타락왕은 말을 멈추지 않았다.

"내가 그걸 준비하는 데 시간이 얼마나 들었는지 알아?"

"얼마나 들었는데?"

누군가가 답변을 했다.

타락왕은 장갑을 벗었다. 그의 손바닥에 혼잣말 맞장구용 인면(人面), 이름하야 킹 오브 레이트나이트가 출현했다.

타락왕은 고개를 가로저으며 동정받아 마땅한 이 비극에 관해 말했다.

"문득 생각해 내고서부터 무려 12분은 걸렸지."

"그랬댔도 못 만들 시간이네."

"하지만 1센트 동전에 역순법성순위특이점을 심는 데는 문제없는 시간이지."

"뭐야, 그게. 이름을 너무 대충지은 거 아냐?"

"대충이라니. 게임의 규칙은 단순해도 해법은 없게끔 만들었는데. 우선 특이점을 심은 페니(penny) 한 닢을 도시에 뿌렸지. 그 동전은 다른 수많은 통화, 물품과는 함께 쓸 수가 없어. 동전은 규칙을 어길 경우에는 그 즉시, 그렇지 않을 경우에는 30분 만에 블랙홀로 변해. 술식을 풀려면 아무런 의심도 없이 페니를 화폐로 사용하여 구입한 물건을 내게 전달해야만 하지."

"흠."

"플레이어가 할 수 있는 일이라고는 가까운 드러그스토어의 주인장이든 뱅크 오브 아메리카 타워의 토지 소유권자든, 아무에게나 상품을 1센트까지 깎아 달라고 교섭하거나 특이점을 발생시키는 술식을 해제하는 무모한 도전에 나서는 것뿐이지. 이

세상에 1센트짜리 상품은 존재하지 않으니까."

"그래서?"

"물론 규칙은 널리 퍼뜨렸으니 박하사탕 하나를 1센트에 팔아 줄 녀석이 있기는 할지도 모르지."

"그건 그렇지."

"하지만 그게 함정이야. 나는 수령한 상품에 대한 거스름돈을 주려 했지. 같은 방식으로 처리한 화폐로 말이야. 아무리 애를 써도 반드시 몇 센트는 손에 남도록. 그러니 없어지지 않아. 사용할 방법도 없는 무가치한 물건에 미련을 두어 폐지(廢止)하지 않는 어리석은 인류에 대한 조롱과 함께 말이야!"

타락왕은 매우 흥분해서 소리쳤다.

하지만 인면은 냉정하게 물었다.

"그래서 결과는? 보아하니 아직 지구의 모습은 바뀌지 않은 것 같은데."

페무토가 주먹을 쥐고 있어서 인면에게는 지상이 전혀 보이지 않았을 테지만.

어찌되었든 그 물음에 페무토는 한숨을 내쉬었다.

"문제의 페니를 손에 넣은 것은 평범한 남자였어."

"어떤 남자인데?"

"설명하고 자시고 할 것도 없어. 어디에나 있는 흔한 녀석이
었지."

"헤에. 그 녀석이 어쨌기에."

"동전을 그대로, 근처에 있던 거리 공연자의 발치에 있던 깡
통에 던져 버렸어."

"…어떤 거리 공연자?"

"설명하고! 자시고! 할 것도 없어! 어디에나 있는! 흔한 남자
거리 공연자였다니까!"

타락왕은 또다시 목소리를 높였다. 구름 위에 있음에도 발을
동동 구르며.

"이런 게 제일 짜증난다니까! 제대로 생각도 하지 않고 당연
한 일을 하는 녀석이! 생각을 좀 하라고! 생각하다 허를 찌른답
시고 함정에나 빠져! 그래야 게임이 좀 될 것 아냐!"

씨익씨익 숨을 헐떡이다 겨우 진정했다.

그러자 인면이 천천히 속삭였다.

"…내 생각에는 플레이어가 문제라기보다는, 그냥 네가 바보
인 것 같은데."

"자네보다는 바보가 아니야. 장담하지."

"어째서."

"나였다면 손바닥에 붙어 있는 주제에 말대답을 하지는 않을 테니까."

페무토는 그렇게 말하자마자 손안에 출현시킨 포크로 인면을 꿰뚫었다. 그러고는 얼굴과 그를 찌른 상처가 사라진 손에 다시 장갑을 꼈다.

하지만.

"…조용해졌군. 뭐, 늘 그랬지만."

고도(高度)와 격절(隔絕). 고고함과 고요함.

속옷처럼 익숙한 그것이 타락왕의 세계이기는 했다.

어려운 것은 아무 것도 없다.

타락왕에게 쉽지 않은 것은 한 가지뿐이다.

그가 지니지 못한 단 한 가지. '평범함—Good'.

"다시 말해서."

홀로 남은 페무토는 보는 이가 없음에도 포즈를 취하며 중얼거렸다.

"내가 평범해지려면 어떻게 해야 하지?"

2

One moment.

(1과 1/2 인치)

GOOD AS GOOD MAN

"앗."

동료들보다 두 걸음 정도 뒤쳐져서 걷던 레오나르도 워치는 횡단보도를 건너지 못해 혼자 남겨지고 말았다.

차가 몇 대 지나가고 나자 길 반대편에서 기다리는 동료 두 사람의 모습이 보였다. 다시 버튼을 눌러 신호가 바뀔 때까지 기다린다 해도 1분이 채 걸리지 않을 테지만, 차량 통행이 끊기면 그 틈에 냉큼 건너 버릴까 어쩔까를 잠시 고민했다.

다른 몇몇 보행자들은 벌써부터 움직이기 시작했다. 그리고 몇 사람은 차량이 달리고 있음에도 불구하고 길을 건너고 있었다. 기다리는 것은 레오 한 사람뿐이었다.

'뉴요커답네에.'

빨간 신호에도 걸음을 멈추지 않는 사람들을 보며 그렇게 생각했다. 레오의 출신지에서는 그런 일이 없었다. 애초에 보행자용 신호란 것이 거의 없었지만.

그 시절에 어렴풋이 상상했던 대도시는 이제 없다.

아니, 엄밀히 말하자면 있다. 희미하게 흔적이 남은 수준이었지만. 그러나 사람들의 천성이라는 것은 그리 쉽게 바뀌지 않기 마련이다. 그리고 이곳이 과거에 뉴욕이었다는 사실이 지금 이 순간, 새삼 떠올랐다.

그러나.

디카페인 커피와 스마트폰을 손에 들고 해마다 갱신되는 새로운 모델의 운동화를 신고 상큼하게 성큼성큼 걷는 인간들과.

크기가 푸들쯤 되는, 팔다리가 돋아난 누들(noodle) 덩어리들이 꾸물꾸물 도로를 기어다녀도 별다른 문제가 일어나지 않고 스쳐 지나가는 것을 보고 있자면, 역시 이곳은 본래의 뉴욕이 아님을 금방 알 수 있었다.

표지판도 영어뿐만이 아니라 인간계에 없는 언어로 된 것들이 상당히 늘었다. 쓸데없이 겉멋만 든 녀석들 사이에서 이계─비욘드에 속한 자를 대상으로 광고를 내는 것이 조금 유행을 탄 탓이다. 영어로 '속한 세계가 다르더라도 모두에게 사랑을!'이라고 병기되어 있기는 했지만 이계의 뭐시기어(語)로는 어떤 식으로 읽어도 '공부벌레의 *빵빵한 끈끈이 돌기*에 남아도는 급여를 베풀자'라고 읽힌다는 모양이다.

건너편 세계에도 공부벌레가 있구나…. 그리고 **빵빵**하다는 말도. 레오는 가만히 그런 생각을 했다.

　아마도 뉴욕이었던 시절부터 있었던 듯한 신을 찬양하는 벽보에는 '신이라면 어제 만났다. 42마리나 있더라, 멍청아'라는 낙서가 휘갈겨져 있었다. 뭐, 그 낙서도 마찬가지로 예전부터 있었을지 모를 일이지만.

　그런 생각을 하던 도중에 누들 집단 중 한 마리가 이쪽으로 다 건너오기 전에 건조되어 길 한복판에서 쓰러지고 말았다. 그것을 넘어 지나쳐 간 양복 차림의 여자가 문득 발걸음을 돌려 남은 커피를 건조 누들에 끼얹었다. 부활한 누들은 여자에게 몇 번이나 감사 인사를 하며 길을 건넜다. 하지만 동료들과 합류하며 "아, 이거 두유라테잖아아~… 알레르기 있는데~…." 라고 투덜대는 것이 레오의 귀에 들렸다.

　'아참. 합류해야지.'

　얼떨결에 계속 멈춰 서 있었는데 마침 신호가 바뀐 참이었다. 레오도 종종걸음으로 횡단보도를 건넜다. 보행자뿐만 아니라 차량도 특이했다. 얼핏 보면 자동차 같았지만 앞유리 너머에 내장만 들어차 있는 경우도 흔했다. 기생생물이 자동차를 집어삼켜 자아를 가지게 된 것인데, 최근에는 교통법규도 익혀 칼같이 준수하게 되었다. 이는 세계의 경계를 초월한 생명체가

탄생하여, 이지(理知)를 얻기까지의 신비적인 과정일지도 모르는 일이지만 아무런 목적도 없이 길을 달리기만 할뿐이라, 교통 상황을 악화시킨다는 이유로 자경단이 정기적으로 사살하고 있었다.

아직 여름이라 하기에는 이르지만, 날씨가 좋아도 바람이 통하지 않는 탓에 하늘과 도시의 윤곽이 부옇게 보일 정도로 안개가 짙게 끼어 땀이 배어났다. 불과 몇 미터를 종종걸음으로 걸었을 뿐인데 레오는 목 언저리가 후끈거림을 느꼈다. 동료 중 한 명이 길을 다 건넌 레오에게 시비를 걸었다.

"더럽게 굼뜨네~ 잽싸게 좀 움직여라, 잽싸게."

"죄송함다."

괜한 트집에 사과를 하려니 영 내키지가 않았지만 넋을 놓고 있었던 것은 사실이기에 레오는 고개를 숙였다.

그러자 또 한 사람의 동료가 대조적인 차분한 투로 말을 붙여왔다.

"뒤쳐지는 건 문제없습니다만, 말씀이라도 해 주십시오."

"왜, 미리 말하면 할머니처럼 손이라도 끌어 주게? 혼자서 건너, 굼뱅아."

"아니, 저기…."

레오가 대꾸를 하기도 전에 동료가 반론했다.

"레오 군은 딱히 못 건넌 게 아니잖습니까. 사고 수준이 원생 동물급인 분께서는 이해 못 할 개념이겠지만 도덕성을 우선시 한 겁니다."

"원생이 뭐 어쩌고 저째? 그거 네가 먹는 먹이냐, 어류?"

사고 수준이 원생동물급인 분께서는 이제 그 동료에게 시비를 걸었다.

제드 오브라이언.

'어류'라는 말은… 요컨대 겉모습을 두고 한 표현이었는데, 말 그대로의 의미였다. 그는 인간의 형태를 띠고는 있었지만 엄밀히 말하자면 인류와는 달랐다. 주변을 둘러보면 흔히 눈에 띄는 이계인들과도 달랐지만. 그 점은 일단 차치하기로 하고.

온기를 느낄 수 없는 퍼런 피부, 감정을 읽을 수 없는 눈. 체형, 골격은 인간에 가까웠지만 목 언저리에 장착한 호흡기기가 없으면 대기 중에서는 호흡을 할 수가 없다. 아가미 호흡을 하기 때문이다. 때문에 평소에는 사무실에 비치된 거대 수조에서 시간을 보냈다.

차분한 태도에 행동거지도 지적이지만 그가 보유한 전투능력은 인간의 상식을 가볍게 초월한다. 레오의 직장에서는 그것

이 표준이었지만….

그리고 사고 수준이 원생동물급인 분은 재프 렌프로다.

그가 상대를 대각선 아래에서 노려보며 강치라도 되는 것처럼 큰소리로 어엉어엉 하고 외쳐 대자, 후배인 제드는 막힘없는 말투로 반박했다.

"매번 생각하는 겁니다만, 저는 그 애매한 어류라는 호칭에 어떻게 답을 하면 되는 겁니까. 해양생물의 정의가 얼마나 다양하고도 광범위한지 알고나 하시는 말씀입니까? 해양생물학과 생물해양학의 기초적인 차이도 모르시는 것 같습니다만."

"오호라, 바닷속에 관해서는 꽤나 빠삭하신 모양이시구만. 어류로서의 기초소양이다 이거냐?"

"아무리 생각해도 인류의 학문인 것 같은데 말이죠. 아하. 혹시 두통약은 두통에 걸리는 약이라고 해석하는 타입의 사람이십니까?"

이쯤 되니 레오는 뒷전이고 아주 그들 두 사람만의 말다툼이 되어 버렸다.

끼어들어 봐야 득 될 것이 없기에 레오는 말다툼을 계속하며 걷기 시작한 두 사람에게서 두 걸음만큼 거리를 벌렸다. 그러고는 무심하게 주변을 둘러보았다.

길을 건널 뿐인 데도 이만한 일들이 벌어진다.

그것이 이곳, 헬사렘즈 로트였다.

"앗."

레오가 다시 입을 열었다. 간발의 차이로 신호가 바뀌었던 때와 거의 같은 투로.

"저거, 타락왕 아니에요?"

다 같이 걸음을 멈췄다.

도로 반대편. 다시 말해서 조금 전까지 세 사람이 있던 곳에. 없었을 터인 타락왕이 버스정류장 벤치 위에 서서 두 팔을 벌린 채 크게 소리치고 있었다.

…하지만 차량이 지나다니는 소리에 가려 잘 들리지는 않을 정도의 목소리였다.

키도 굳이 말하자면 작은 편이라 벤치에 올라섰음에도 그렇게까지 눈에 띄지는 않았다. 쓸데없이 볼륨감 만점인 아프로 헤어에 가면이 반쯤 묻혀 있는 얼간이 같은 모습 때문에 얼핏 보면 꾀죄죄한 티셔츠와 반바지를 걸친 중년 남자가 벤치에 올라서서 손을 치켜들고 있는 것으로만 보였다. 게다가 저렇게 크게 소리치고 있음에도 대부분의 통행인들은 별다른 관심을 보이지 않았다. 타락왕의 주변에 있는 것은 스케이트보드를 옆

구리에 낀 중학생 세 명 정도뿐이었다.

애들에게 삥을 뜯기는 모습으로만 보였으나 타락왕은 자신만만하기만 했다. 그는 특정한 청중이 아닌 이 도시 그 자체를 향해 선언하고 있었다. 다시 말해서, 도시를 초월해 별이며 우주 그 자체를 깔보며 파멸적인 심심함을 호소하는, 평소와 같은 말투였다.

…아무런 능력도 없는 무력한 남자의 몸임에도 불구하고.

"안녕하신가! 헬사렘즈 로트에 사는 제군!"

차량 통행이 잦아들자 간신히 목소리가 들렸다.

"알아보시겠나, 이 타락왕이 놀러왔다네. 이 말을 듣고 있는 자들 중 절반 정도는 아직 살아 있는 시시한 인간들이겠지. 뭐, 오늘은 망자들에게 딱히 볼 일이 없기는 하지…. 하지만 기뻐들 하시게나. 조만간 떠들썩해지리라는 것은 분명한 사실이니 말이야!"

타락왕은 한참 동안 떠들고서는 몇 초 동안 입을 다물었다. 박수가 터져 나오기를 기다리는 것이리라. 하지만 박수를 치는 사람은 없었다. 스케이트보드를 옆구리에 낀 중학생이 근처를 지나던 누들 생물 집단에 정신을 빼앗긴 모양이었다. 한 마리만 부풀어 올라 커다래져 있었다. 아마도 두유 세례를 받은 녀

석이리라.

또다시 차량이 지나다니는 바람에 연설이 끊겼다. 딱히 들을 이유는 없었지만. 재프가 땅이 꺼져라 한숨을 내쉬며 중얼거렸다.

"또 타락왕이야? 자주도 나타나네."

물론 진짜 타락왕은 아니다.

심심풀이 삼아 나날이 파국적인 난제를 던져 대는 이 괴인은 어느 날 느닷없이 이런 생각을 했노라고 선언했다.

"오늘부터 나는 '평범'해지고자 하네. 자네들과 같은 수준까지 타락해 보고 싶다 이걸세."

그 말을 알아들은 이는 아무도 없었다. 하지만 좌우간 그는 계획을 실행에 옮겼다.

방법은 알 방도가 없었지만 헬사렘즈 로트에 자신이 타락왕이라 믿는, 아무런 힘도 없는 일반인이 수십 명이나 출현했다.

레오는 그날, 아파트에서 나와 몇 미터도 채 떨어지지 않은 곳에서 처음으로 목격했다.

타코스 가게에서 느닷없이 뛰쳐나온 남자가 토르티야로 타락왕 마스크를 만들어 얼굴에 붙인 채 큰 소리로 웃으며 연설을 시작했던 것이다.

그 정도 기행(奇行)은 그리 별난 일도 아니었지만….

다음 날 아침에 겨우 일이 끝나서 귀가했을 때도 똑같은 장소에서 혼자 연설을 계속하는 모습을 보고서야 이게 그거구나, 라는 사실을 알아챘다.

또한 토르티야는 누가 먹은 것인지 이빨 자국이 나 있고 절반 정도가 없어져 있었다.

다시 말해서 이렇게 된 것이다. 타락왕은 자신을 평범화하는 방법으로 다른 많은 사람들을 자신으로 변화시키는 것을 택했다. 하지만 아무런 힘도 없기 때문에 기본적으로는 무해하다. …인격이 괴인화된 당사자 이외의 사람들에게는.

타락왕은 매번 심심함을 달랠 방법으로 세계멸망을 선택했었기에, 그가 행동에 나섰다는 소식이 들려오면 라이브라는 항상 최우선 순위에 두고 대응을 해 왔다. 하지만 이렇게 되면 순위가 다른 사안들의 뒤로 밀릴 수밖에 없었다.

"파괴는 목적이 아니네! 내게 있어 우주를 파괴하는 것은 목표가 될 수 없지…. 너무 쉽거든!"

특별한 계기가 있었던 것도 아닌데 그 가짜 타락왕은 신바람이 나서 다시 목소리를 높였다.

재프가 또다시 중얼거렸다.

"가끔씩 생각하는 건데 말이지. 저 녀석 실은, 세계를 멸망시킬 생각이 별로 없는 게 아닐까."

"아, 저도 가끔 그렇게 생각했어요."

그런 소리를 하는 동안에도 타락왕은 이야기를 이어가고 있었다.

"따라서 제군, 힌트를 준비해 뒀으니 잘 생각해 보게나. 유예시간은 75분. 시간을 넘기면… 글쎄… 뭔 일이… 생기겠지. 좋지 않은. 일이. 그래서, 열쇠는… 으음~ 뭐냐, 시리얼 상자를… 잘 흔들고 나서… 아래쪽을 열면 바로."

트럭이 코앞에 서는 바람에 다시 들리지 않게 됐다.

이번에는 제드가 나직한 목소리로 말했다.

"역시 이번 사람도 지식은 공유하지 않고 있는 것 같군요."

"뭐, 타락왕 본인의 마도기술까지 입력되어 있었다면 저 녀석들을 붙잡으려는 녀석들이 넘쳐나서 난리가 났을걸."

재프는 시시하다는 투로 콧숨을 푹 내쉬며 말을 이었다.

"정말로, 완벽하게, 아무런 가치도 없으니 원."

트럭이 떠나자 다시 타락왕의 모습이 보였다.

동료들이 짜증을 내는 이유는 레오도 알았다.

무가치해져 버렸다는 것…. 바로 그것이 문제였다. 중학생들의 관심이 온통 보도블록을 가득 메우도록 부풀어 오른 누들 생물에 쏠려 버리는 바람에 타락왕의 이야기를 듣는 이는 이제 아무도 없었다.

레오 일행도 그 자리를 뜨려 했다. 하지만.

"여어~! 이거 재미있구만. 타락왕님 아니십니까요!"

누들 생물이 길을 막고 있는 탓에 인파가 늘어나 있었는데, 그중에 덩치 큰 단발머리 남자가 셋 있었다. 총기가 몸 전체를 뒤덮고 있었다. 아니, 테ㅇ리스처럼 여러 가지 형태의 총기가 포개어져 탄탄한 갑옷을 이루고 있었다고 표현하는 편이 나을 것도 같지만. 그리고 길이 막혀 있지 않았다면 별 이상한 녀석도 다 있다며 무심하게 지나쳤을지도 모를 일이었지만….

좌우간 그들은 벤치에 올라선 타락왕을 에워싸고서 시비를 걸기 시작했다.

"이거 그거지? 요전까지 괴물로 거리를 아작내거나 유산균이 9조 배로 자라느니 어쩌니 하는 영문 모를 저주를 흩뿌리던 놈. 게다가 매번 여자를 품에 끼고 있기까지 했지."

"아~ 나도 그 저주 걸렸었어. 내장이 찢어졌지~ 그보다 여자 가슴 크더라아."

"MSG가 폭발했을 때 휘말려서 브라더가 행방불명됐다고….

그리고 좌우간 여자가 말이지이."

"그래, 맞아. 여자가 있었지이."

셋이서 멱살을 잡아 타락왕을 들어 올렸다.

남자들이 공중에서 다리를 달랑거리는 가벼운 사냥감을 보며 웃기 시작했다.

"무슨 일이 있었던 건지, 지금은 이렇게 시시한 아저씨 꼴을 하고 있구만. 여자도 없고 말이야아."

아니. 그 사람은 아니야….

순간적으로 레오가 소리치려 했다. 하지만 누군가가 손을 슥 뻗어와 그의 입을 막았다.

재프다.

그는 옆에서 날카로운 눈으로 쏘아보며 속삭였다.

"지금, 구해 주려고 했냐?"

"……."

레오가 대답하지 못하자 재프는 그대로 말을 계속했다.

"부질없는 짓이란 거 알잖아. 이 자리에서 구해 준다 치고, 그다음은 어쩌게? 우리가 떠나고서 2초 후에는 또 같은 일이 시작될 텐데. 가짜이기는 해도 저건 타락왕이야. 적어도 정신력 하나는 그만큼 강하겠지. 아마 맞아 죽거나 산산이 박살날

처지가 되면 울고 불며 목숨구걸 정도는 할 거야. 하지만 그런다고 절대로 얌전해지지는 않을걸. 안 그래?"

"…맞아요."

물론 알고는 있었다.

레오가 체념했음을 확인하고서야 재프는 손을 내렸다.

"어떻게든 하고 싶다면 사슬로 묶어다 가둬 두는 수밖에 없어. 그건 경찰한테 맡기면 될 일이고."

"신고는 했습니다."

스마트폰을 든 제드가 통화를 마치며 말했다.

재프가 버둥버둥 발버둥을 치는 타락왕에게서 시선을 돌리며 한숨 섞인 투로 중얼거렸다.

"몇 대 쥐어 패고 나면, 짭새가 올 때까지는 진정될 거야."

"이걸로 몇 사람째였죠? 저렇게 된 사람이."

레오가 중얼거렸다. 재프는 알 바 아니라는 듯 손을 흔들었다.

"글쎄다. 나 원, 차라리 예전처럼 지구파괴 폭탄 기폭까지 앞으로 10분~! 이라고 외쳐 댔다면 이야기가 달라졌을 텐데 말이지."

"이쪽은 현재, 다상교환(多相交換) 테러를 쫓느라 여념이 없

으니 말이죠."

제드는 진지하게 고개를 끄덕였다.

재프 역시 마찬가지였다. 서로 고집이 세서 사사건건 의견이 맞지 않기는 했지만, 그들은 의견이 맞지 않든 입만 열면 말다툼을 벌이든 임무를 수행할 때만큼은 지극히 성실했다.

"우리의 임무는 교섭 장소까지 데이터를 운반하는 거야. 옷에 피나 화약 냄새라도 묻는 날에는 경계심 강한 너드 고블린들이 곧바로 꽁무니를 뺄걸. 그렇게 되면 2주에 걸쳐 사전 준비를 해 준 스티븐 씨의 고생이 물거품이 되겠지. 알아먹었냐?"

어쩌면 재프가 걱정하는 것은, 사태의 긴급성이라기보다는 눈 아래 다크서클이 짙게 깔린 스티븐이 길을 나서려는 재프 일행의 등 뒤에서 나직한 목소리로 "이 정도 심부름도 못 해내면…."이라는 말을 한 것을 끝으로 침묵했던 일일지도 모른다. 다소 서글픈 미소를 짓고 있었다.

그건 둘째 치더라도 이렇게 하는 수밖에 없다는 것도 사실이라 내버려 두기로 했다.

하지만.

탕!

총성이 울려 퍼졌다. 자세히 보니 좀 전에 보았던 누들이 터져 나가고 있었다. 덩어리에서 면이 한 가닥씩 분열하더니(그렇게밖에 표현할 방도가 없었다) 도랑이며 건물 틈새로 일제히 달아났다.

총에 맞은 누들뿐만이 아니라 한눈팔지 않고 지나다니던 통행인들도 비명을 지르며 달아나기 시작했다.

"너 이 자식! 망할 괴물 자식이 어디서 '그만두라' 마라야! 그럴싸한 소릴 지껄이면 여자가 붙기라도 하냐?! 그게 인기 많아지는 비결이라도 되냐고!"

깡패 중 한 명이 총을 뽑아 휘둘러 대며 고함쳤다.

이리저리 도망치는 누들을 잡고자 땅바닥을 마구 밟아 대며 격앙된 투로 말을 쏟아냈다.

"그리고! 그 모양 그 꼴이니 이 몸이 인기 없는 거라고 지껄였지? 감히 지껄였다 이거지?!"

아마 그런 말은 안 했을 것 같은데.

다른 깡패가 등 뒤에서 샷건을 뽑아 발포했다. 다행히 사람에게는 맞지 않았지만 지나가던 차량의 보닛에 구멍이 뚫려 차도로까지 혼란이 퍼져 나갔다.

도망치는 차량과 운전을 포기한 차량, 그리고 그 양쪽을 미

처 피하지 못하고 억지로 방향을 트는 차량. 그 소음에 더더욱 흥분한 깡패들이 새로운 총을 뽑아 발포했다.

레오는 그 자리에 멀거니 섰다. 자세히 보니 재프와 제드는 바닥을 노려본 채 떠나려 하고 있었다.

소란의 첫 번째 파도가 지나가자… 차량과 사람이 잠시 멈췄다. 도망칠 수 있는 사람은 이미 도망쳤고 숨을 수 있는 사람은 숨었다. 깡패도 숨이 차는지 연기와 열기를 내뿜는 총을 두 손에 든 채 땀을 훔쳤다.

'이대로 진정되면 좋겠는데….'

레오는 희미한 가능성에 희망을 걸어보았다.

하지만 부질없는 짓이었다.

"푸… 푸… 푸흐흐흡!"

벤치에 몸을 숨기고 있던 중학생이 큰 소리로 웃음을 터뜨렸다.

그러고는 깡패를 가리키며 자지러지게 웃어 댔다.

"뭐야… 뭐야, 그게! 인기 끌고 싶대! 딱 봐도 무리잖아!"

레오도 아이의 심정이 이해가 안 되는 것은 아니었다.

깡패는 온몸에 매달고 있던 총기 중 가슴에 붙어 있던 핸드건을 뽑아 사용하고 있었다. 그 자리가 비어서 젖꼭지가 보였다. 그걸 보고서 안 사실이지만, 아무래도 그들은 온몸에 홀스터를 두르고 있을 뿐, 총 말고는 아무 것도 안 입고 있었던 모양이다. 다시 말해 총을 뽑아 쏘면 쏠수록 알몸에 가까운 상태가 되는 것이다.

깡패가 자지러지게 웃어 대는 어린애의 목덜미를 잡아 올렸다.

"이 몸의 실용주의 패션 센스가 웃기냐. 그래. 마지막 순간에 웃다 죽을 수 있으니 좋은 인생이었구나."

제아무리 중학생이라도 웃음을 멈출 수밖에 없었다. 발작이 가시지 않은 듯 아직 몸을 떨고 있었는데, 그것은 어쩌면 공포 탓일지도 모른다.

그때, 다른 깡패에게 멱살을 잡혀 매달려 있던 타락왕이 문득 말했다.

"이 난해한 수수께끼를 풀려면 죽여서는 안 될 텐데…? 힌트를 들은 것은 이 소년뿐이거든…."

"아앙?"

이야기는 통하지 않았지만 그때까지 입을 다물고 있던 (그렇다기보다는 신경도 쓰지 않고 있었다고 말해야 옳을 것 같았지만) 사냥감이 떠들어 대기 시작하기에 녀석들은 시끄럽다는 듯이 타락왕에게로 시선을 돌렸다.

청중이 생긴 탓인지 타락왕은 신이 난 듯 큰 소리로 웃기 시작했다. 목이 졸린 채라 숨통이 허락하는 한도 내에서.

"저열하기 그지없는 송사리들이! 내 게임을 방해하게 둘 것 같나…!"

일   났   다.

그런 생각을 온전히 했는지조차도 의심되는 찰나와도 같은 순간.

녀석들이 "시끄러 등신아."라고 하며 총구를 들어 타락왕의 얼굴에 총탄을 박아넣기까지의 시간.

방아쇠가 당겨져 공이가 카트리지를 때리기까지의 1과 1/2인치 정도의 거리.

비명을 지르려던 중학생의 목소리의 첫 음이 목구멍을 넘어올까 말까 하던 즈음.

레오가 그 모든 것들을 목격하기까지의 순간.

하지만 몸을 움직이기에는 절망적으로 늦은 시간.

그리고.

재프가 그 무엇보다도 빠른 속도로 추돌한 차량을 뛰어넘은 후, 깡패들의 품속으로 파고들어 혈법을 내지르고 총탄의 궤도를 비틀고서 붙잡혀 있던 타락왕과 어린애를 안고 거리를 벌리기까지.

그 모든 일들이 동시에 일어난 가운데, 재프만이 연속된 필름에 끼어든 다른 그림처럼 질주했다.

"……!"

모두가 어안이 벙벙해졌지만.

주변을 둘러보던 깡패들 중 우선 한 사람이 등 뒤에 있는 재프를 발견했다.

"── 뭐 ── 들아아!"

그러고는 여러 가지가 생략된 듯한 고함을 지르며 총구를 돌렸다.

품에 안고 있던 두 사람을 적당히 내던진 재프는 피로 된 칼날로 모든 총탄을 떨궈냈다.

이어서 두 번째 깡패가 샷건을 겨누려고 했을 즈음, 첫 번째 깡패는 무릎차기를 맞고 주저앉았다. 두 번째 깡패도 총을 채 겨누기도 전에 벌렁 자빠졌다. 재프가 걷어찬 첫 번째 깡패의 권총이 얼굴에 직격한 것이다.

세 번째 깡패가 문제였다. 상대의 실력이 심상치 않다는 점을 알아챈 것은 칭찬할 만했다. 그는 걸치고 있던 것들 중, '아마도' 가장 강력한 무기를 사용했다. 국부 앞에 위치한 무기로,

얼핏 보면 네모난 오일히터처럼 생겼다.

폭발하고서야 그것이 무엇인지 알 수 있었다. 무수히 많은 베어링을 사출하는 지향성 대인지뢰—클레이모어다. 말하고 말 것도 없이 정규 사용법과는 거리가 멀었다. 하지만 사용법을 지켰든 안 지켰든, 수 미터에 이르는 살상범위 안에는 타락왕, 중학생, 재프, 그리고 덤으로 깡패 동료 두 사람까지 있었다. 온몸에 총기를 두른 깡패들은 운이 좋으면 반죽음 정도로 그칠 수도 있겠지만….

재프의 옷에 무수한 구멍이 뚫리는 것을 레오는 보았다. 수백 개의 베어링이 적어도 다섯 명을 갈기갈기 찢어 피의 안개를 퍼뜨…려야 맞았다. 원래는.

재프의 칼날은 지뢰가 폭발하기도 전에 상대에게 도달했다. 수십 미터 범위에 탄환을 흩뿌리는 장치도 폭발하는 순간에 영향을 미치는 범위는 몇 센티미터 이내에 불과하다. 그곳을 향해 내지른 칼날이 탄막에 빈틈을 만들었다. 재프는 세로로 갈라진 빈틈을 아슬아슬하게 지나 적에게 육박하여 그대로 주먹을 날려 기절시켰다.

깡패 세 명이 털썩 쓰러졌고 타락왕과 중학생도 무사하다. 피해를 입었다 할 수 있는 것은 너덜너덜하게 구멍이 뚫린 재프의 옷 정도였다. 중학생은 재빨리 친구와 합류하여 달아났고 타락왕도 벤치 위로 돌아가 연설을 재개했다. 이번에야말로 완벽하게 아무도 듣는 이가 없었지만.

어정어정 길을 건너 돌아온 재프에게서는 지근거리에서 뒤집어쓴 화약 타는 냄새가 훅 끼쳐왔다.

재프는 레오와 제드가 보내오는 시선에 있는 대로 불쾌한 티를 내며 이를 드러낸 채 말했다.

"시끄러워. 알몸으로 가면 되잖아."

이리하여 이날 하루도 다른 나날과 그리 큰 차이 없이 지나갔다.

이것이 이곳의 일상이다.

도시의 이름은 헬사렘즈 로트.

구(舊) 뉴욕.

하룻밤 만에 붕괴, 재구성되어 이차원의 거류지가 된 이 도시는 현재, 이계와 면한 경계점이자 지구상에서 가장 위험한 긴장지대가 되어 있었다.

안개의 도시에서 꿈틀대는 기괴한 생물, 신비현상, 마도범죄, 초상과학. 한 발짝만 헛디디면 인간계는 침식되어 불

가역적인 혼돈에 집어삼켜질 것이다.

세계의 균형을 지키기 위해 암약하는 비밀결사 라이브라.

이 이야기는 그 구성원들의 투쟁과 일상에 대한 기록이다.

최근에 일어난 사건을 꼽자면.

여러 개의 위상(位相)을 혼선시키는 인과왜곡을 악용한 테러범, '신의 재채기'라 불리는 학살조직의 활동이 활발해졌다는 것을 들 수 있으리라.

그 밖에는 오랜 악연을 끝내기 위해 수체족(首薙族) 라이트바르트와 철완(鐵腕) 시몬의 공개결투가 시행되어 빌딩 스무 동이 파괴되었음에도 당사자들은 찰과상 하나 입지 않아 빈축을 샀었다. 티켓값과 판돈 환불 소동이 일어나 사상자가 여럿 발생하기도 했다. 짜고 한 싸움이 아니었냐는 의혹이 재기되었으나 양측은 손을 맞잡으며 부정했다. 그렇게 공감과 화해의 길을 걸어 나갔다.

비상(飛翔) 늑대 무리가 지나치게 불어나서 빌딩들이 누렇게 물들도록 영역 표시를 해 대는 바람에 부동산 업자들이 골머리를 썩기도 했다. 옥상에 설치 가능한 자동대공 레이저포가 그야말로 날개 돋친 듯 팔리는 (그러한 말장난이 타블로이드지에서 유행을 탔다) 가운데, 사기 거래도 횡행

했다. 또 해외 브로커를 통해 돈을 빼돌리는 세법은 물론
이고 국제 조직범죄 방지 조약에도 저촉되는 사건까지 일
어나 소비자 감시 네트워크는 정부에 시민이 안심하고 구
입할 수 있는 국산 대공병기를 준비해 달라고 요구하기에
이르렀다.

강도, 살인, 발포사건은 헤아릴 수조차 없었다. 발포도 하
지 않았는데 사람이 총탄에 맞거나, 사람이 살해당했음에
도 원인이 없거나, 살해당했는데도 살아 있거나, 팝콘을
만들려다가 정말로 어째서 그런 짓을 저지르고 만 것인지
모르겠지만 은박지를 벗기고 불에 올렸다가* 아파트에 있
던 사람들이 모두 타죽는, '인간은 가끔씩 정신이 홱 돌아
버릴 때가 있단 말이지'라는 생각밖에 안 드는 일이 일어나
기도 했다.

레이디 갸가가 '19시부터 10분 동안, 난 거실에서 노팬티
차림으로 스트래칭을 할 거야. 아주… 격렬하게. 여러분은
그동안만 세계가 평화롭기를* 기도해 줘'라고 말하자 정말
로 그 10분 동안 범죄 수가 격감하기도 하는 등, 이계와는

※은박지를 벗기고~ : 은박지로 된 용기에 팝콘 재료가 담긴 제품이 있음. 가열하면 내부
에 있던 옥수수가 터지며 팝콘이 됨.

무관하게 신기한 일들도 셀 수 없이 많이 일어났다.

거기에 타락왕 사건도 있었다.

가짜 타락왕이 속속들이 도시에 출현하고 있는 것이다.

이것이 타락왕 페무토가 말한 '평범해지는 것'과 무슨 상관이 있는지는 알 수 없었다. 다만 페무토는 이 장난을 얼마 동안 계속하고 있으며 희생자들은 다행스럽게도 아직 죽지 않은 채 차례로 유치장에 처넣어지고 있었다.

※세계가 평화롭기를 : 레이디 가가가 반전의 메시지를 담은 존 레논의 노래 〈Give peace a chance(평화에게 기회를)〉에서 영감을 얻어 문신을 새겼다고 밝혔던 일화를 패러디한 것.

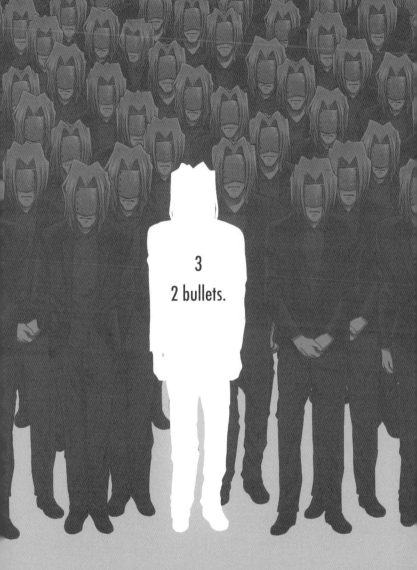

3
2 bullets.

(그건 잔혹한 장난감이지)

GOOD AS GOOD MAN

초인 비밀 결사 라이브라.

그것은 초현실적인 도시 헬사렘즈 로트에서 너무도 흔한 이형(異形)의 존재와 기적을 행하는 이들이 세계를 멸망시키지 못하도록 암약하는 조직이었다.

그들은 나날이 세계를 구하고 있다.

때로는 하루에 몇 번이나. 그러지 않으면 모든 것이 다 끝장난다. 그도 그럴 게 누군가가 세계를 구하지 않으면 내일이 오지 않기 때문이다. 이곳은 그런 도시였다.

레오나르도 워치는 굳이 말하자면, 척 봐도 이치가 뒤죽박죽이 된 붕괴 후의 세계다운 방법으로 이 조직에 참가하게 되었다. 다시 말해 '어쩌다 보니' 참가하게 된 것이다.

태고부터 세계가 선사해 온 최대의 악의 중 하나인 '변덕'이라는 놈에 휘말려드는 바람에 그는 이곳에 왔다.

혹자는 이걸 두고 기구한 운명이라 부르기도 할 것이다… 라고 레오는 때때로 생각했다.

그리고 그런 녀석을 실제로 만나면 눈물을 질질 흘리며 웃어

주리라고 마음먹었다.

불과 얼마 전까지만 해도 평범한 생활을 평범하게나마 필사적으로 살며 아메리칸 풋볼부의 주장과 그 추종자들이 시비를 걸어오는 것 정도가 최대의 위협거리였던 인생에서, 도시를 사리(事理) 연속의 지평선에서 날려 버리기를 획책하는 광신자의 소굴에 태연한 얼굴로 발을 들이는 생활을 하게 된 것이 만약 신이 준비한, 의미 있는 일이라면.

뭐, 그냥 웃는 수밖에, 라고 생각했기 때문이다.

"아하하하하."

"…뭐냐, 그 영혼이 빠져나간 것 같은 웃음은."

재프의 물음에 채 답을 하기도 전에.

"보고 왔어."

스윽…. 양복 차림의 미녀가 발소리는커녕 분자가 마찰하는 기척조차 내지 않고 나타났다.

그녀도 레오의 직장 동료였다. 은신 능력을 사용해 첩보 활동을 하는 인랑국의 스태프, 체인 스메라기. 그녀는 방금 전까지 아무에게도 들키지 않고 적진에 침입해 있다가, 문제의 폐창고를 멀리서 감시할 수 있는 빌딩 옥상에서 대기 중이던 레오와 재프의 등 뒤로 귀환했다.

"어땠냐?"

재프가 담배연기를 내뿜으며 대뜸 물었다.

체인은 담담하게 보고했다.

"적의 아지트가 틀림없어. 주력부대, 간부, 장비, 자금원인 오염 금괴까지 전부 모여 있어. 그리고 사람이 힘들게 정찰을 다녀왔는데 은발 원숭이가 건방지게 굴어서 짜증나."

"어디서 은근슬쩍 잡음을 끼워 넣어."

재프가 이를 딱딱 부딪히며 위협했다.

하지만 그 일상적인 말다툼도 오늘은 오래 가지 않았다. 양쪽 모두 임무를 눈앞에 두고 있었기 때문에 금세 진지한 표정으로 돌아왔다.

"B팀 준비는?"

B팀이라고 해 봐야 제드 한 사람뿐이었지만.

그는 창고를 사이에 두고 반대쪽에서 돌입할 예정이었다. 결행 시각은 정하지 않은 데다 통신도 차단한 상태라 감으로 타이밍을 맞추는 수밖에 없었다.

체인은 고개를 끄덕였다.

"예정대로지."

"…다시 말해서?"

"나도 못 찾아냈어."

체인이 태연하게 어깨를 으쓱하며 말했다.

"정말로 괜찮은 거 맞아? 어디 처박혀서 놀고 있는 것 아니냐고. 어쩌다 마주친 참치 샌드위치 같은 거랑."

"너랑 같은 줄 알아? 제드는 역시 굉장해. 잘만 되면 협공을 가할 수 있을 거야."

하지만 재프는 납득하지 않았다.

"적의 수는 많지. 기지는 아주 중무장을 했지. 그런 데 비해 이쪽 전력은 달랑 두 명인데 이걸 협공이라고 할 수 있나? 급습이라면 누님이 나서는 게 나을 것 같은데."

"별수 없잖아요."

레오는 옥상 끄트머리에서 고개를 빼꼼 내밀어 창고를 살피며 한숨 섞인 투로 중얼거렸다.

"이쪽이 오늘의 메인 이벤트인 줄 알았더니 아침에 느닷없이 피라닷 명유성(冥遊星)의 부고게라다다스 장군이 앱 내 과금을 하다 폭발해서 '이 별, 싹 쓸어 버린다'라는 소리를 했다니까요."

"반신성(半神性) 존재씩이나 돼서 왜 뽑기나 하고 앉았대? 뭐, 반신도 원하는 걸 못 뽑는 뽑기 쪽도 무섭기는 마찬가지지만."

"어찌어찌 달래 주기 위해 교섭재료를 긁어모아야 해서… 좌우간 조금이라도 연줄이 있는 사람은 총동원했다던데요."

덕분에 이 현장에는 주변을 포위할 지원부대도 와 있지 않았다. 재프와 제드는 적지에 쳐들어가는 것은 물론이거니와 적을 놓치지 않게끔 작전을 수행해야만 했다.

난이도는 높다. 하지만 푸념을 한들 상황이 바뀌는 것은 아니다. 레오는 수중에 있는 장비를 하나하나 확인했다. 통신기, 물, 쿠션, 만에 하나 누군가에게 발각될 때에 대비해서 고망원 카메라와 에로 투고 사이트에 접속된 PC(뭘 어떻게 얼버무리려는 것인지 모르겠지만)….

"전투가 시작되면 통신을 복구할게요. 상황은 이쪽에서 감시하겠지만 K. K 씨처럼 지원을 하지는 못하니까…."

"나도 알아. 기대도 안 한다. 뭐, 끽해야 10분 정도이려나. 복귀할 때 더 라킨이나 들렀다 가자~"

팔을 빙글빙글 돌리며 앞으로 나아가려던 재프를,

"잠깐."

체인이 제지했다.

"얘기 아직 안 끝났어. 실은… 불확정 요소가 있어."

"쉬운 일이 없구만. 라킨 점심 메뉴는 20인분 한정이라고. 넷

이서 가려면 더더욱 경쟁이 치열해질 텐데."

"나까지 머릿수에 넣지 마. 그보다 일단 들어. 타락왕이 있어."

재프는 멍한 표정으로 움직임을 멈췄다.

확실히 황당하기는 했다. 아무런 연관성도 없지 않은가.

"일반인 쪽을 말하는 거지?"

그렇게 묻자 체인은 고개를 끄덕였다.

"맞아."

"길을 잃고 들어간 건가?"

"A클래스 보안 체제가 깔린 요새 최심부에?"

그 말을 듣고서 목표인 폐창고로 시선을 옮겼다.

원래는 폐기를 앞둔 잡화가 담긴 컨테이너를 모아두던 창고였지만 뉴욕이 붕괴되며 주인이 죽은 이후 방치되어 있었다. 대붕괴 이후, 이렇듯 소유권 자체가 소실된 물건이 너무도 많아져서 법적으로도 데이터적으로도 문제가 누적되고 있었는데, 이는 경찰의 수색 능력이 좀처럼 회복되지 않는 원인 중 하나로도 지목되고 있었다.

테러 조직이 그런 곳에 자리를 잡고 요새를 만든 것이다. 부지까지 치면 거의 크기가 학교만 했다. 급조한 설비라고는 하나 조직 '신의 재채기'는 전산 주술전에 능한 일급 범죄자 집단이다. 기술도 그렇지만 그들의 진짜 문제는 과격성에 있었다. 비장의 패를 잃어 만반의 준비를 하고서 침입에 대비하고 있는 상황에 길을 잃고 들어온 누군가를 그냥 생포해 두다니, 뭔가 이상했다.

"감금되어 있었어. 게다가 잘은 모르겠지만 묶여 있더라. 무슨 장치 같은 거에."

체인이 이해가 안 된다는 투로 말하자 재프가 불평을 늘어놓았다.

"모르겠다니. 그러고도 첩보부냐? 일 똑바로 안 해?"

"특수 제작된 전산식 주술 의식구 같은 걸로 도배를 해 놨는데 무슨 수로 알아보라는 거야. 아마 원래는 논리폭탄을 기폭시키는 데 쓰는 물건 같아 보였는데."

방금 언급된 논리폭탄은 문자 그대로 논리를 파괴하는 주술을 말한다.

저주를 통해 현실을 개변시킬 때까지 의미의 중핵에 영향을 주는 것이다.

세상을 구축하는 데 관여하고 있는 존재에게 기도를 올리거나 하는 방식이 아니라, 단순히 현실 그 자체를 연산 압력으로

개변하는… 우주의 현실성에 의심을 제기함으로써 효력을 발생시키는 병기였다.

따라서 현실을 상회할 정도의 시뮬레이션을 거치지 않고서는 실현되지 않는다. 인체는 물론이고 일반적인 CPU는 발끝에도 미치지 못할, 이계 사양의 신성출력 컴퓨터를 사용해서 최소한 알레프 2차원 이상의 기하학을 묘화(描畵)할 필요가 있다나 뭐라나…. 레오로서는 아무리 들어도 전혀 알아먹지 못할 설명이었지만.

으음~ 재프는 자판을 튕기듯 손가락을 움직였다. 지금까지의 상황과 체인이 가져온 정보를 정리하듯.

"저 녀석들의 비장의 패는, 너드 고블린이 카운터 술식을 산출해 내서 진부하게 만들었잖아. 저 녀석들이 가진 패스워드로는 아무리 발악을 해도 기폭 안 할 텐데. 저쪽도 그 사실은 알테고."

"개조한 흔적이 있었으니 강제로 다른 목적에 쓰고 있을 가능성이 높아. 그 출력을 사용해야만 가능한 일을 시키고 있다면, 핵공격 규모의 파괴를 계획하고 있을 가능성도 충분히 있어."

"…대충 때려잡아도 되겠거니, 하고 있었는데."

재프는 혀를 차며 씁쓸함을 곱씹는 듯한 투로 말했다.

이야기를 듣던 레오도 각오를 굳혔다. 본부에 타진해 볼 여유는 없다. 이 현장에서 결정해야만 한다.

"사건과 무관한 사람이 붙잡혀 있다면 구출해야겠네요."

"구출은 둘째치고 해제가 최우선 과제야. 라킨에는 다섯 명이서 가게 생겼구만."

"글쎄 날 머릿수에 넣지 말라니까."

"군소리 말고 한번 먹어 보래도. 겉보기만큼 꿀꿀이죽 같지는 않다니깐."

재프가 그렇게 권하자 체인은 늑대라기보다는 『이상한 나라의 앨리스』의 체셔 고양이처럼 뚱한 표정만을 남긴 채 사라졌다.

테러리스트도 도시 속에 숨어 있을 때는 밖에 보초를 그렇게 많이 세우지 못한다.

때문에 주로 감시 카메라를 쓸 수밖에 없었는데 그건 레오의 눈으로 대항할 수 있었다. 카메라를 하나하나 발견해서 사각을 찾아 나갔다.

"이쪽에만 가동식이 여덟…. 고정식 카메라가 열둘."

레오가 낮은 목소리로 속삭이는 말을 재프는 쳐다보지도 않

고 들었다.

거의 등에 업히다시피 밀착한 탓에 레오의 코앞에 재프의 머리가 있었다.

장난을 치는 것이 아니다. 매우 진지했다. 그들은 적의 아지트인 창고 옆 샛길에 위치한 철조망 근처 엄폐물에 숨어 있었다.

레오는 최대한 시점이 같게끔 한 상태로 시각정보를 재프에게 전송했다.

"좋아. 보인다."

물론 육안으로 보이는 것은 재프도 모두 볼 수 있다. 하지만 레오의 눈에 포착되는 정보량은 일반인에 비할 바가 못 되었다. 그것을 한꺼번에 받아들인 재프가 몸을 떠는 것이 전해져 왔다.

"쉭!"

기합을 내지르듯 날카롭게 숨을 내뱉음과 동시에….

재프의 손가락 끝에서 매우 작은 칼날이 실처럼 뿜어져 나갔다. 거미줄처럼 가느다래서 너무 힘을 빼면 조준이 빗나가는 것은 물론이거니와 표적을 부수지도 못할 것이다. 하지만 재프는 그 힘을 절묘하게 조절해 냈다.

같은 시야를 공유하고 있는 레오에게는 보였다. 재프의 칼날은 감시 카메라 중 하나를 향해 날아가 전원 케이블을 절단했다.

"좋아. 편차까지 포함해서 완벽했어."

재프가 자화자찬하며 거리를 벌림과 동시에 레오도 시야 동조를 해제했다. 그러고는 눈을 비비며 빠른 말투로 이야기하기 시작했다.

"가장 가까운 곳에 있는 보초는 대략 100미터 거리에 있어요."

작동을 멈춘 카메라가 있으면 점검할 인력을 보낼 것이다. 지금부터는 다른 데에 눈을 써야 하기 때문에 보초를 주시할 수가 없었다. 어림짐작으로 일을 진행하는 수밖에 없다. 재프가 고개를 끄덕였다.

"대략 1분 정도 걸리겠구만. 서두르자."

철조망을 베고 침입로를 만든 후, 재프가 뛰쳐나갔다. 레오도 그 뒤를 따랐다. 그렇게 만들어 낸 사각을 뚫고 향한 곳은 창고 뒷문이었다. 원래는 종업원들이 휴게실에 들어가기 위한 문이었다.

대략 10초가 지났을 즈음에 문 앞에 도착했다. 이곳에 잠금 장치가 있다는 사실은 사전 조사를 통해 이미 알았다.

"지문인증이라니, 고풍스럽기도 하구만."

그런 소리를 하는 재프 옆에서, 레오는 손가락을 인식하는 패널에 얼굴을 들이대며 다시 집중했다.

레오가 지닌 무기는 이 '눈'이다.

그는 그야말로 '어쩌다가' 초현실적인 시력을 얻게 되었다. 꺼림칙하기는 했지만 써먹을 수 있는 것은 되도록 유용하게 써먹는 수밖에 없지 않겠는가. 좌우간 그 눈으로 지문의 흔적을 읽어 냈다.

계획은 대략 이러했다.

우선 카메라를 한 대만 정지시켜 적이 조사하러 올 때까지 문을 연다.

내부로 들어가서 감시측이 이상하다는 것을 알아챌 때까지 시간이 얼마나 걸릴지가 문제다. …대략 3초에서 3분 정도 걸리겠지만, 그 부분은 완전히 운에 맡기기로 했다. 아무튼 그러고서 체인이 알려 주었던 감금장소로 가서 포로를 풀어 준다. 그때면 적들도 분명 침입 사실을 알아챌 것이다. 신속하게 철수하여 붙잡혀 있다는 가짜 타락왕의 안전을 확보하고서 제압 단계로 넘어간다.

아무리 봐도 허술하기 짝이 없는 계획이었다. 게다가 원래 계획과는 달리 레오와 체인까지 위험한 일을 거들게 했다는 일이 들통나면 분명 불벼락이 떨어질 것이다. 하지만 타락왕 구출에 필요한 십여 초를 벌 만한 다른 방법이 없었다.

레오는 패널에 남은 지문 자국을 유심히 살폈다. …이 해석에 걸리는 시간이 그대로 이후 작전 수행에 영향을 줄 것이다. 0.5초가 생사를 가르게 될지도 모를 일이다. 레오가 초조한 투로 중얼거렸다.

"제드 씨 쪽이 걱정이네요."

체인은 현재 따로 떨어져서 제드를 찾고 있었다. 침입 중에 제드가 공격을 개시하는 일이 있어서는 안 되기 때문에 그 사실을 알리기 위함이다.

그러나 찾아낼 가능성이 있을지 어떨지는 모를 일이다. 체인은 엄청난 실력을 지닌 첩보원이긴 하지만….

"발각되지 않게끔 움직이고 있다면, 금방은 접촉하지 못하겠지."

"차라리 연락을 해 보는 게 낫지 않았을까요?"

"관둬. 이 자식들은 휴대전화까지 도청하니까."

그런 대화를 주고받던 중….

레오가 말했다.

"됐다. 보낼게요."

다시 영상을 재프의 시야로 전송하며 인증기에서 떨어졌다.

교대하듯 재프가 다가가서 오른손을 붙잡은 채 몸을 떨었다.

"우오오오오…."

손가락에 난 작은 상처에서 피를 내서 손가락 표면을 코팅해서는….

거기에 지문을 만들어 나갔다. 레오가 간파해 낸 흔적과 완벽하게 똑같은 것을.

아무리 재프라도 이토록 세밀한 것을 재현하는 데는 시간이 걸리는 모양이었다. 5초, 10초…. 재프는 그렇게 완성된 가짜 지문을 인식 패널에 가져다 댔다.

삑. 센서가 반응하더니.

그 즉시 창고 전체에 경보음이 울려 퍼졌다.

"어째서! 난 실수 안 했다고!"

재프는 악다구니를 치며 인증기에 몇 번이나 손가락을 가져다 댔다. 하지만 당연히 아무 것도 해결되지 않았다.

"지문인식 자체가 함정이었나!"

"아. 이 문, 미니까 열리네요."

"이딴 게 무슨 A클래스 보안 체제야!"

실컷 헐뜯다 보니….

"침입자다아!"

돌격총을 든 보초 한 명이 그곳으로 달려왔다.

가장 가까운 곳에 있던 그 보초일 것이다. 그는 재프와 레오를 보자마자 발포해 댔다.

총성은 나지 않았다. 머즐 플래시*도.

재프가 칼날로 허공을 한 차례 그은 것은 무언가를 보았기 때문도, 알아챘기 때문도 아닐 것이다. 분명 직감에 불과했으리라. 레오는 아슬아슬하게 재프의 칼날이 모종의 날카로운 공격을 받고 깨지는 모습을 포착했다.

그리고 보초의 머리와 몸통이 분리되어 땅바닥에 쓰러졌다. 적을 처리한 쪽의 칼놀림은 레오에게도 거의 보이지 않았다.

피로 된 칼날로 붙잡은 바늘 같은 탄환을 빤히 쳐다보며 재프가 말했다.

"전자 니들건… 대(對)이능장비구만. 사정거리는 짧지만 어지간한 방탄성능으로는 못 막아."

"어차피 우리는 맨몸이지만요."

레오는 절명한 테러리스트에게서 시선을 떼며 신음했다. 아

※머즐 플래시(muzzle flash) : 발포시 발생하는 섬광(불꽃).

직 당혹감이 완전히 수그러들지 않은 레오와는 달리 재프는 빙긋 웃고 있었다.

"암튼 재수가 좋았네."

"뭔가요, 그 비뚤어진 긍정적인 사고는."

굳이 특수한 시력을 사용하지 않아도 시설 전체에서 이곳으로 적이 모여들고 있다는 것이 느껴졌다.

계획은 시작부터 붕괴되었다. 하지만 재프는 혼자서 기세를 끌어올렸다.

"이렇게 된 거 다 덤비라고 해! 신속하게 돌입해서 눈에 띄는 대로 죽이고 적진을 괴멸시키고 포로도 구출하고! 자고로 영세 조직원이라면 뭐든 다 할 줄 알아야지!"

라이브라가 어딜 봐서 영세조직이라는 것인지는 둘째치고.

재프는 곧장 쇄도해 온 적 세 명을 일소하고서 그 기세를 그대로 유지한 채 문을 베어 버렸다.

아니, 사실 밀면 열리는 문이니 굳이 벨 필요는 없었다. 재프가 벤 것은 그와는 다른 것이었다. 창고 벽면이 기하학적인 문양으로 쪼개져 우르르 무너져 내렸다.

인형의 집처럼 벌컥 열린 건물 전체에, 수십 명의 테러리스트들이 있었다.

그들은 갑자기 외벽이 사라졌다는 사실에 당황하기는 했으나 그것은 몇 초에 불과했다.

모든 이의 시선이 정원에 선 가장 눈에 띄는 두 사람에게 집중되었다.

물론 재프와 레오를 말하는 것이다.

그 자리에 주저앉은 레오와 짙은 붉은색을 띤 칼날을 유유히 겨눈 재프. 어느 쪽을 겨눈 총구의 수가 많았을지는 모를 일이지만, 설령 차이가 있었다 해도 표적 둘을 처리하기에는 충분하고도 남았다.

레오는 다시 한번 생각했다.

혹자는 이걸 두고 기구한 운명이라 부르기도 할 것이다.

분명 웃어넘기려 했지만 실제로 입에서 나온 것은 경직된 이상한 소리뿐이었다.

하지만. 그럼에도. 역시….

웃음밖에 나오지 않았다.

차분하게 생각해 보면 재프가 취한 행동이 최선의 방법이었음은 알 수 있었다.

'아니, 최선인지 어떤지는 따져 봐야겠지만….'

어쨌든 최악의 수는 아니었다. 적어도 몸을 숨기며 항전하는 것보다는 나았다. 안전했을지는 몰라도 적도 신속하게 매뉴얼에 따라 행동했을 테니. 침입자를 요격하며 기재와 타락왕을 처분하고 간부가 탈주를 꾀하는 식으로.

그러니 별수 없는 일이다. 레오는 자기 자신을 설득하며 창고 안으로 돌입했다. 안이라 한들 벽 한쪽이 없었지만. 보이는 범위 내의 적의 위치를 모두 파악하여 감금 장소까지 가는 길을 산출해 냈다.

재프가 밖에서 마구 날뛰고 있는 덕분에 테러리스트의 주의는 그리로 쏠려 있었다. 레오는 자세를 낮춘 채 통로를 달렸다. 눈에 띄지 않게끔, 그리고 정신없이 날리는 컬러풀한 파편에 맞지 않게끔.

통로라 한들 벽으로 나뉘어 있는 것은 아니었다. 높다랗게 쌓인 컨테이너 사이를 누비는 모양새로 달렸다. 그 컨테이너가 총탄에 관통되어 날아가고 썰려 나갈 때마다 안에 들어 있던 잡화가 색종이 조각처럼 날렸다.

중무장을 한 수십 명의 남자들이 군대 수준의 화기로 오케스트라를 연주했다. 그렇다면 포화(砲火) 앞에 서서 날뛰어 대고 있는 재프는 지휘자일까. 연주자 쪽이 마구 악기를 연주하고 지휘자가 한 발 늦게 반응한다는 것이 근본적으로 달라 보이기는 했지만. 좌우간 그는 사방에서 날아드는 총탄의 폭풍우를 홀로 막아 내고 마구 달리며 분투하고 있는 듯했다.

"망하아아알!"

레오가 밖에 남겨 두고 온 재프의 상황까지 주시해야만 하는 이유는 사실 그가 휘둘러 대고 있는, 사정거리가 수십 미터에 이르는 칼날이 최대의 위협이었기 때문이다. 재프는 비스듬하게, 혹은 예측이 불가능한 엉뚱한 각도로 (360도 이상의 각도가 물리적으로 있을 리가 없지만 재프의 칼놀림에는 어째서인지 있었다) 적뿐 아니라 주변에 있던 컨테이너까지 갈기갈기 찢어발겼다. 꼭 선풍기 속을 탐험하는 기분이었다.

"으악!"

바닥에 발이 걸리는 바람에 레오가 넘어졌다.

배를 깔고 엎드린 자세로 멈춘 코끝을 미풍이 쓸고 지나갔다.

수박을 두 동강 낼 때와 같은 소리가 났다. 고개를 들어 바닥을 보니 압축 콘크리트에 흠칫 놀랄 정도로 예리하고도 깊은 홈이 패여 있었다.

'일부러 저러는 건 아니겠지…?'

그럴 여유가 있을 리 없다는 것은 알지만, 수상했다.

레오는 다시 달렸다. 도중에 컨테이너에 숨어 병사가 지나가기를 기다렸다. 전투는 계속해서 격화되었다.

첫 번째 통로를 망설임 없이 달릴 수 있었던 것은 사전정보와 눈 덕분이었다. 위기를 잘 헤쳐나오기는 했지만 그렇다고 마음을 놓을 수 있는 상황은 아니었다.

안쪽 구획으로 들어갔다. 주변에는 적이 없었다.

"여기구나!"

그곳은 지금까지와는 달리 컨테이너 벽으로 에워싸여 있지 않고 대형 컨테이너 하나가 그대로 방이 되어 있었다. 문에 잠금장치를 해서 감금실로 사용하고 있었다.

"여는 방법은…."

이번에는 좀 전처럼 사람을 놀리는 것 같은 함정이 아니었다. 전자 잠금장치가 단단히 채워져 있었다.

번호 입력식 같은 단순한 장치도 아니었다. 카드 인식 장치가 있는 것으로 미루어 누군가가 열쇠를 가지고 있을 듯했다.

'아무리 나라도 본 적도 없는 카드키를 찾을 방법은 없는데.'

잠금장치는 튼튼해도 컨테이너는 평범했다. 허름해 보이기는 해도 금속제라 쇠지레로 열 수 있을 만큼 부실하지는 않았

다. 근처에 있을지도 모르는 폭약으로 구멍을 낼까…. 아니아
니, 안에 있는 사람은 어쩌라고.

"…대이능장비라고 했지."

문득 떠오른 생각을 입 밖에 내보았다.

대인 장비와는 다르다는 뜻이다. 인간과 다른 장갑에 대항할
것을 염두에 뒀다면, 어쩌면 금속을 안전하게 자를 수 있는 무
기도 수납되어 있을지도 모른다.

장비를 보관해 둔 장소를 찾았다. 다행히 근처에 있어서 컨
테이너로 된 통로를 두 개 건너 도착했다. 전투가 벌어져 서두
른 탓인지 철조망이 활짝 열려 있었다.

안에 들어가서 물건을 뒤져보았다. 아까 보았던 전자 니들
건. 사이즈 가변식 보디 아머. 평범한 권총도 있었다.

수수한 검은색 케이스를 열어 보니 나이프 한 자루가 덩그러
니 들어 있었다. 평범한 물건이 아니라는 것을 한눈에 알 수 있
었다. 그도 그럴 게 칼자루 쪽에 커다란 배터리가 연결되어 있
었기 때문이다. 그리고 전자기기도. 결제단말기처럼 보였다.

배터리는 충전된 상태인 듯했다. 칼자루에 스위치가 있기에
조심조심 켜 보았다. 그러자….

「경고. 절단장소에 날이 닿고, 셋을 세었나.」

그러한 문자가 칼날에 빛으로 표시되었다. 문법이 이상했다. 중국제일 것이다. 아니, 정말로 중국산이라면 다른 쪽으로 문제가 있을 것 같았지만.

일단 시험 삼아 눈에 들어온 보디 아머에 나이프 끄트머리를 갖다 대 보았다. 숫자만 표시되었다. 3… 2….

2에서 쩡! 하는 소리가 나더니 아머가 두 동강 났다.

「사용해 주셔서 감사합니다. 청구는 되었다. 무사히 계약 계좌에서 인출.」

순간적으로 불길한 문장이 보인 것 같은 기분이 들었지만 칼날의 길이 탓에 끝까지 표시되지 않았다.

"뭐, 이거면… 되려나."

쓸 만하겠다고 판단을 내리고는 다시 돌아갔다.

컨테이너 옆으로 돌아들어 칼날을 갖다 대었다. 최대한 내부에 영향을 주지 않게끔 구석에 대고서 기도라도 하는 심정으로 스위치를 눌렀다.

3… 2… 1… (다운) (재기동) …2… 1….

세 번 정도 사용해서 구멍을 뚫었다. 세 번째 사용했을 때는 표시가 약간 달랐다.

「잔고 부족으로 청구가 되지 않았습니다. 계약에 따라 300년 동안 강제노동을.」

조금 떨어진 곳에서 "끄아아아!" 보리가차구냐게보, 라는 처절한 소리가 들려온 듯한 기분이 들었다. 잠시 생각한 끝에 일단 나이프를 버렸다.

컨테이너에 들어갔다. 내부에는 LED 조명이 켜져 있어서 바깥보다 밝았다. 한 면의 길이가 5미터 정도 되는 공간에 기계가 빼곡하게 늘어선 채 가동 중이었다. 팬과 수냉쿨러를 비롯한 기기의 소음이 폐쇄공간에 울려 퍼져 공사현장을 방불케 했다.

중앙에 설치된 의자에 사람 한 명이 구속되어 있었다. 플라스틱 끈으로 의자에 묶인 데다 머리에 몇 줄기나 되는 케이블이 연결되어 있다.

두개골에 무언가를 꽂아 넣는 수술이 실시된 것은 아니고 접촉식 커넥터였다. 뇌파를 측정하는 기기와 비슷했다.

타락왕이다. 같은 마스크를 쓰고 있다. 으음, 같다고 해 봐야 유명인 상품 가게에서 파는 것 같은 싸구려 마스크였지만. 종이로 직접 만든 것을 쓰고 있던 타락왕도 있었기 때문에 이건 상당히 퀄리티가 높은 부류라고 할 수 있었다.

마스크를 쓴 데다 커넥터를 부착하기 위해 머리를 반쯤 밀어둔 상태여서 알아보기 어려웠지만 고등학생 정도의 소녀였다.

의식을 잃었는지 꼼짝도 하지 않았다.

장치가 작동 중이라는 것은 분명했지만 모니터도 없어서 무엇을 하고 있는지는 알 수 없었다. 그래도 이대로 두면 건강상 좋지는 않을 것 같았기에 레오는 케이블을 떼어 냈다.

소녀 타락왕은 얼마간 미동도 하지 않았지만….

갑자기 벌떡 일어났다.

"뭐야! 뭐야, 이거!"

"어?"

깜짝 놀란 레오가 곁에 있다는 사실을 아는지 모르는지, 그녀는 묶인 상태로 날뛰기 시작했다. 가만히 두면 어디 한 군데 다치겠다는 생각이 들 정도로. 레오는 허둥지둥 방금 전에 사용했던 나이프를 다시 주워 스위치는 켜지 않고 끈을 잘랐다.

자유를 되찾은 그녀는 마스크를 벗고 주변을 둘러보았다. 완전히 혼란 상태에 빠진 듯 보였다.

"여긴 어디야…? 뭐야. 당신은 또 누구고?! 변태!"

"아니, 잠깐. 나는."

"엄마! 엄마아아~"

그때, 건전지의 수명이 다하기라도 한 것처럼 그녀의 얼굴에서 표정이 사라졌다.

그리고 천천히 마스크를 다시 썼다.

혹시 몰라서 레오가 기계 뒤로 나이프를 버리자 그녀는 의자에서 일어나 약간 거리를 벌렸다.

그러고는 헛기침을 하고서 포즈를 취했다.

"하~하하하핫! 안녕하신가. 오늘도 정말 심심하군. 자네는 어떤가?"

"어, 나? 나는 딱히…."

"그래그래, 그것 참 다행이군. 하지만 오늘 죽을걸? 자아 오늘의 게임은…."

타락왕이다.

레오는 얼마간 멀거니 서 있었다.

'방금 그건 뭐였지?'

불과 몇 초에 불과했지만 그녀의 본래 인격으로 추측되는 것이 돌아와 있었다. 지금까지 타락왕이 된 자가 회복되었다는 이야기는 들어 본 적이 없었는데.

그런 생각을 하다 퍼뜩 정신을 차린 레오는 그녀의 팔을 붙잡으며 말했다.

"일단 나가자. 여기는…."

티잉! 컨테이너 전체가 흔들렸다.

소리는 날카로웠지만 걷고 있었다면 알아채지 못했을 정도밖에 흔들리지 않았다. 충격도 거의 느껴지지 않았는데 컨테이너 윗부분이 비스듬히 미끄러져 내리기 시작하더니, 말끔하게 절단되어 떨어져 나갔다.

재프일 것이다. 아직도 싸우고 있는 모양이다. 그나저나.

'악마랑 계약한 나이프보다 잘 잘리는 건 반칙이잖아….'

이로써 군이 컨테이너에서 나갈 필요는 없어졌지만….

문제는 그것이 아니었다.

"빨리 탈출해야 해."

"탈출? 인생은 도망의 연속이지. 끝내 도망칠 수 없겠지만 말이야."

"그런 소리는 됐어!"

팔을 잡아끌고 서둘러 움직이려 했다. 하지만.

총성이 들려오더니 탄환이 발치를 때렸다.

"네놈들… 뭐냐."

옆으로 고개를 돌려보니 장년의 남자가 어깻숨을 쉬며 권총을 손에 든 채 노려보고 있었다.

나이와 겉모습에서 느껴지는 관록으로 미루어 그럭저럭 높은 지위에 있는 상대임을 알 수 있었다. 병사치고는 나이가 너무

많아 보이니 지휘관이나 간부급일 것이다.

남자는 소녀 타락왕에게로 시선을 옮겼다.

"떼어 낸 건가. 멍청하긴. 혁명의 마지막 희망이건만."

"희망 같은 거 없어. 당신들은 이미 졌다고. 투항하면…."

"투항?! 제국의 앞잡이가, 있지도 않은 자비를 논한다는 말이냐!"

격앙된 남자가 총을 들었다. 손이 떨리는 것이 보였다. 조준은 못 했으리라. 하지만 그 바람에 오히려 탄도를 특정하기가 어려워서 평소 위기를 모면할 때 쓰던 시각 교란도 의미가 없을 듯했다. 레오는 어찌어찌 피하다 해도 옆에 있는 타락왕까지 피하게 할 수 있을지 어떨지….

"엇차. 안녕?"

스윽. 체인이 모습을 드러내어 남자와 악수를 하더니 다시 사라졌다.

"……?"

남자가 자신의 손을 본 채 얼어붙었다. 권총이 사라져 있었다.

"이상한 술법을 쓰다니. 네놈도 마술사로군. 타락왕의 부하인가…?"

"아니. 나는."

"닥쳐라, 이 자식!"

남자는 들을 생각도 않고 버럭 화를 내더니 품속에서 몇 개나 되는 스마트폰이며 태블릿PC, 전자계산기며 줄자까지 꺼내서 카드 놀음이라도 하듯 펼쳐 보였다.

"술사는 술법으로 말하는 법. 나의 산술식 마법의 위력을, 실컷 맛보거라!"

"술법으로 말하는 법이라니, 아까는 총을 쓰려고 했으면서."

"시끄럽다! 리브 앳 더 구골프렉스!"

스마트폰을 두드려 모종의 어플리케이션을 기동시킨 모양이었다. 허풍은 아니었는지 변화가 일어났다. 화면이 갈라지더니 그곳에서 다리가 긴 벌레 같은 것이 기어 나왔다.

그것이 권총의 탄환보다 강력한 살상력이 있는 술법인지 어떤지는 알 수 없는 일이지만, 레오는 이제 그다지 위협을 느끼지 못했다. 몇 가지 징조가 보였기 때문이다.

하나는 그토록 격렬했던 전투음이 그쳤다는 것이고.

또 하나는 체인이 왔다는 것이다.

게다가 마도사가 다음 어플리케이션을 기동시키려다가 "어라? 벌써 이번 달 데이터 다 썼나?"라는 소리를 하며 버벅거리기 시작했다는 이유도 있었다. 처음에 출현한 벌레는 머리 위

에서 날아온 제드의 삼지창에 찔려 죽었다. 실제로는 몇 번인가 공방을 벌였고, 가시처럼 생긴 날개로 제드에게 상처를 입히기도 했으니 강력한 술법이기는 했던 것이리라.

허둥대면서도 엄청난 속도로 전자계산기를 두드리기 시작한 남자를, 등 뒤에서 나타난 재프가 걷어참으로써 결판이 났다. 재프는 혈법으로 자아낸 실로 남자를 묶어 그 자리에서 제압했다.

레오는 숨을 헐떡이는 제드에게 달려갔다.

"제드 씨! 알아채 주셨군요!"

제드가 레오에게로 고개를 돌리며 중얼거렸다.

"…뭐, 이만큼 큰 소란이 났으니 알아챌 수밖에요."

잘 생각해 보니 타이밍이 어긋나 소란이 일어나지 않게끔 대기하라고 전달하기 위해 찾고 있었기 때문에, 소란이 일어난 시점에 달려왔어도 이상할 것이 없었다.

"뭐, 나 혼자서도 충분했지만."

재프가 마도사를 걷어차며 의기양양한 투로 말했다.

하지만 제드가 곧장 반론했다.

"제가 반대쪽에서 절반을 맡았다는 사실을 잊지 마시기를."

"그려~ 적들을 뒤에서 쳤지."

"누가 봐도 애를 먹고 있지 않았습니까. 그 때문에 레오 군과 합류한 타이밍도 늦어졌고요."

"거 되게 시끄럽네. 중간에 간부 같은 놈의 실력이 제법이라 애 좀 먹었다 왜. 갑자기 땅속에서 튀어나온 징그러운 거한테 끌려가서 못 죽였는데. 뭐였지, 그거?"

재프가 고개를 갸웃하자 약간 떨어져 있던 레오가 말했다.

"그거 생각하면 잠을 못 잘 것 같으니까 두 번 다신 그 얘기 하지 마세요."

"…뭐, 아무렴 어때."

그때.

"그럼, 철수하는 거?"

체인이 출현했다. 상황 파악을 위해 부지 안을 둘러보고 온 것이리라.

음~ 재프가 답했다.

"그래야지. 뒷일은 짭새한테 맡기기로 하고."

"네, 네놈들은 뭐냐!"

큰소리를 치던 마도사의 목소리가 갑자기 수그러든 것은.

마치 당연하다는 듯한 손놀림으로 재프가 둘째손가락을 마도사의 안구에 가져다 댔기 때문이다.

레오에게는 보였지만 눈 한 번 깜빡이지 않고, 마도사에게 다가가 별다른 해를 가하지 않고 뾰족한 손톱 끝을 가볍게 가져다 댄 것뿐이었다. 계산이 1밀리미터만 어긋나도 불가능할 일이다. 그 사소한 동작으로 상대에게 숙련도의 차이를 내보인 것이다.

숨을 죽인 마도사에게 재프가 말했다.

"모르는 게 좋을걸. 시체들이랑 친구하기 싫으면."

"있잖아. 저 애는 어쩔 거야?"

체인이 타락왕을 가리키며 나른한 투로 말했다.

"하~ 하하하하!"

마스크를 쓴 소녀는 연설을 계속하고 있었다. 아무도 듣지 않았지만.

"세상에 즐거움과 붕괴를! 선사해 주도록 하지. 질서를 부수기 위해 준비한 오늘의 게임은… 으음…. 전구를 입에 물고 박치기하기 대회는 어떨까. 뭐, 해 보고서 생각토록 하지."

"으음…."

일동이 얼마간 생각에 잠겼다.

"여기 남겨 두고 가자니 좀 그렇고."

주변의 참상을 둘러보며 재프가 머리를 긁적였다. 경찰을 불러 신병을 인계하면 그만이지만 상황을 설명할 사람이 없었다. 괜히 의심을 살지도 모르는 일 아닌가.

"집이 있을 테니 그리로 데려갈까. 조사해 달라고 부탁하면 신원은 알 수 있을 테니까."

"첩보부가 할 잡일을 늘리면 또 있는 대로 빈정댈 텐데요."

"아~ 그 녀석들이 좀 박정하긴 하지."

"혹시 내 얘기를 하는 거라면 언젠가 눈을 떴을 때 위장에 어린이용 신발이 들어 있을 날을 기대해. 수술실로 끌고 가서 빼달라고 할 테니까 변명은 알아서 하고."

레오는 소녀의 처우를 두고 논의하는 세 사람에게서 시선을 떼며….

나직한 목소리로 물었다.

"…이 아이한테 무슨 짓을 하고 있었던 거야?"

동료들이 아니라 테러리스트 마도사에게.

잊었던 것은 아니었지만 이런저런 일들 때문에 깜박하고 있었다. 상황으로 미루어 테러리스트들이 모종의 목적으로 이 소녀를 붙잡아 두고 있었다는 것은 의심할 여지가 없었다.

그 이유를 알아야 이 아이를 방치해도 될지 어떨지 판단을 내릴 수 있을 듯했다.

자신에게 말을 걸 것이라고는 생각지 못했었는지, 마도사도 여전히 재프의 술법으로 속박된 채 놀란 낌새를 보였다.

"어째서 말할 거라 생각하지?"

시치미를 떼는 마도사를 재프가 다시 위협했다.

"조직은 작살났고 몸은 묶인 데다 앞으로 심문과 감옥이 기다리고 있을 테니까, 어차피 네가 저지른 짓이랑 자금줄에 연줄까지 싹 다 불게 될걸. 지금 하나라도 불면 안 그래도 깜깜한 여생을 더욱 귀찮게 만들지는 않아 주지."

"그건 좀 불공평한데. 내가 발견해 낸 비밀은 엄청나다. 교환 조건으로 방면을 해 준다면… 아니."

눈이 번뜩 빛났다.

"손을 잡지 않겠나. 성공만 하면 세계의 정점에 오를 수 있다."

"지이이인짜로 말귀를 못 알아처먹은 모양인데. 누가 그 얄팍한 말재주에 속겠냐. 네 도움 없이도 세계의 정점에는 우리 힘으로 오를 거야."

"아니! 정말이다! 가능성은 있었어! 이제 논리폭탄이니 정부에 대한 요구니 하는 건 아무래도 좋아. 지금 여기서 사지를 토막내도 상관없어. 산 채로 이 천재일우의 기회에 다시 한번 도전하게만 해 준다면…!"

마도사는 평범한 목숨구걸치고는 소름 돋는 표현을 쏟아냈다.

그의 처우는 재프에게 맡기기로 하고 레오는 무심히 다시 컨테이너 쪽을 들여다보았다. 외벽은 너덜너덜해져서 원형도 남지 않았지만 내부는 그렇게까지 손상되지 않았다. 원래 논리폭탄용이었던 듯한 연산기는 타락왕을 떼어 내었을 때의 상태 그대로였다.

그대로…?

"응?"

컨테이너에 가까이 가서야 알아챘다.

"안 멈췄나?"

단순히 전기가 통하고 있는 것뿐이라면 이상할 것이 없었지만.

팬이 응응거리며 열풍을 내뿜고 있었다. 컨테이너 전체가 후끈할 정도로 연산기가 풀가동 중이었다.

어째서인지 소름이 돋았다.

무언가가 보인 것은 아니지만. 이 도시에서 살아온 경험이 레오를 뒤로 물러나게 했다.

"이거! 전원을…."

마찬가지로 이변을 알아챈 제드가 연산기와 연결된 전원케이

블을 절단했다.

재프는 마도사를 먼 곳으로 걷어차고서 레오의 팔을 잡아끌었다.

레오는 아주 잠시 분단된 공간 속을 날았다.

불과 수십 센티미터… 아니, 광년보다 까마득히 먼 거리를… 동시에 체감했다.

빛과 소리, 직감마저도 직진할 수 없는 일그러짐 너머에서 컨테이너와 전산식 주술의식구가 티슈처럼 구겨져, 사라졌다.

배수구에 흘려 넣은 물과 같았다. 마이크로 규모의 작은 구멍으로 한 번 빨려들고 나면 두 번 다시 돌아오지 못한다. 이 우주의 일부가 영원히 소실되었다.

그 대신 출현한 것이 창고를 짓밟았다.

진짜로 인형의 집을 부수듯 한 차례 발을 내디뎌 간단히 괴멸시켰다. 분명 재프가 너덜너덜하도록 칼질을 해서 약해져 있었기는 했다. 하지만 그랬건 그렇지 않았건, 이 괴물의 질량 앞에서는 상관없었으리라.

그것은 거대했다. 새까만 표면에 크기는 작은 언덕 정도 되어서, 한참을 올려다보다가 현기증이 날 정도의 존재감을 뿜어 댔다. 거북이와 비슷한 듯했다. 몸의 절반 정도는 목과 머리가 차지하고 있었다. 그중에서도 대부분이 입이었다. 이도 없는 매끄러운 입이 헤벌어져 있었다.

지능은 있는 걸까. 지혜는 필요할까. 이렇게 명명백백하게 강대한 존재에게. 만약 있다면 무슨 생각을 할까. 괴물의 피부와 무게는 기나긴 시간을 살아왔음을 실감케 했다. 이 존재에 관해 아는 것은 아무 것도 없었지만 이것이 무엇인지 알아야 한다는 생각만 들었다. 분명 두려움의 대상이 되고 배척당하고, 추앙받기도 했을 것이다. 그리고 분명, 그 모든 것을 개의치 않고 유린해 왔을 것이다. 그는 자다가 몸을 뒤척이거나 코를 곤 것에 불과했지만 커다란 파국을 초래하는 모양새로.

레오는 전율했다.

신성존재(神性存在)를 본 것은 처음이 아니었다. 애초에 이 도시에 온 계기가 그것이었던 데다 헬사렘즈 로트에서는 생각이 얕은 자나 사려 깊은 자가 저마다의 의도를 품은 채 이러한 존재와 거래를 했다.

그런 만큼 무서웠다. 무서움을 알고 있었다. 몸이 움츠러들고 이성이 날아갔다.

"하, 하… 하하하. 성공한 모양이군."

마도사의 목소리에 정신이 들었다.

남자는 이제 납작해진 아지트의 잔해는 안중에도 없다는 듯 우뚝 선 괴수를 올려다보고 있었다. 자신이 아직 구속된 상태라는 것도 잊었는지 망가지기라도 한 듯 웃어 댔다.

"나왔군…. 정말로, 있었어! 이런 힘이! 진명(眞名)을 사용하지도, 제물을 바치지도 않고 아크데빌… 호마(豪魔)… 행성 포식자—테라이터를 불러내어 복종시키는 술식이! 실재했어!"

"너 이 자식, 무슨 짓을 한 거야!"

"보면 알 수 있잖나. 모르겠나? 저게 무엇인지!"

이제는 재프가 위협을 해도 겁내지 않았다. 자신의 몸은 어떻게 되어도 상관없다던 마도사의 말이 떠올라서 레오는 소름이 끼쳤다. 그 말에는 마도사의 진심이 담겨 있었던 것이다.

"왕이다. 나는 왕이 된 거다. 성공했다고. 난 왕이야!"

재프를 무시하고 어깨너머로 고개를 돌렸다.

마도사는 체인이 끌어안아 피난시키던 소녀 타락왕을 노려보았다.

"타락왕! 전설로 전해지던, 네놈이 불러낼 수 있는 최대급의 사왕(邪王)이다! 그게 내 것이 되었다. 축복하라! 동화되고 있는 게 느껴지는군. 나는 저것이고 저것이 나다."

뚜둑, 뚜둑.

마도사의 몸이 부풀어 올라 재프의 혈법 속박을 가볍게 찢어 나갔다.

"이, 이봐…."

마도사는 이제 경직된 재프보다 머리 하나만큼은 키가 커져서, 그를 비웃기라도 하는 듯한 눈으로 흘겨보았다.

"꺼져라, 무력한 놈."

"우억?!"

팔도 아니고 가슴팍만으로 재프를 튕겨냈다.

마도사는 체격뿐만 아니라 살과 뼈도 강인해지고 뒤틀려 사람이 아닌 것의 모습으로 타락했다.

"멋지군. 나는 지금, 패권을 쥔 존재들과 어깨를 나란히 할 진정한 파괴자가…."

"진정한?"

소녀가 느닷없이 입을 열었다.

마도사의 웃음소리가 딱 그쳤다.

마법 주문도 뭣도 아닌, 힘없는 소녀의 말에 마도사가 반응한 것은 그녀의 목소리에 절대로 있을 리가 없는 것이 담겨 있었기 때문이다.

진심 어린 조롱이었다.

"그 우매한 머리로 진정한 파괴자인지 어떤지는 어떻게 알지?"

"그것은

　　내가

　　　왕이기 때문이다."

마도사가 쥐어짜낸 목소리는 이미 본래의 그것이 아니었다. 여러 개의 목소리로 동시에 발성하고 있었다. 목구멍도 하나가 아니게 된 것이리라.

알아듣기 힘들었지만 소녀는 평범하게 대화를 나누었다.

그녀는 대괴수를 곁눈질하며 시시하다는 투로 말을 내뱉었다.

"테라이터라니 우습기 그지없군. 그건 새끼다. 심지어 그 절반 정도밖에 안 되지. 끽해야 브룩클린을 집어삼킬 정도의 그릇밖에 안 될걸."

"아니, 충분하잖아."

땅바닥에 쓸려 피투성이가 된 재프가 중얼거렸다. 무시당했지만.

"진짜가 보고 싶은가? 진짜가 어떠한 것인지 꿈에도 상상하지 못할 구더기 같은 자여. 보나마나 시시한 일생이나 보낼 테니 소원을 하나 정도는 이루어 주마."

소녀 타락왕은 그렇게 말하더니….

주머니에서 전구를 꺼내서.

입에 물려했지만 옆에 있던 체인이 낚아채서 버렸다.

'아 참.'

레오는 그제야 생각이 났다.

'타락왕은 이런 때에도 저런 말을 하는 인간이었지.'

무심결에 넋을 놓고 보고 있었지만 괜히 시간만 낭비했다. 계속 귀를 기울이고 있던 것은 레오와 마도사뿐일지도 모른다. 재프와 제드는 느닷없이 찾아온 위기를 벗어날 길을 찾고 있었다.

크나큰 실수를 저질렀다. 이로써 세상이 끝장날지도 모른다. …매일 매 시간마다 드는 생각이기는 했지만.

체인이 버린 전구가 땅바닥에 떨어져 깨졌다.

그리고 다시 공간이 쪼개졌다.

이번에 그 현상이 일어난 것은 레오 일행이 있는 곳에서 조금 떨어진 장소였다. 하지만 테자이터의 맞은편에 떡 버티고 선, 거대한 괴물을 발견하는 것은 그리 어려운 일이 아니었다. 왜냐하면 괴물을 웃도는 규모를 지니고 있었기 때문이다.

같은 모습을 띤 두 번째 괴물이 그곳에 출현했다.

모습은 같았지만 크기가 달랐다. 처음 나타난 것보다 명백하게 컸다.

존재하는 것만으로 땅이 꺼질 것만 같았다. 실제로 두 괴물이 움직이지도 않았는데 땅이 울렸다. 몸에 닿지도 않았는데 건물이 괴물 쪽으로 쓰러졌다. 체중만으로 지형을 바꾸어 놓고 있었다.

"어째서…?"

영문을 모르겠다.

소녀 타락왕이 한 걸까.

자세히 보니 그녀는 체인에게 안긴 채 의기양양하게 포즈를 취하고 있었다.

"아주 시시한 일이 벌어졌군, 헬사렘즈 로트에 사는 제군. 경고하도록 하지."

목소리가 들려왔다.

타락왕이라는 사실을 곧장 알 수 있었다. 하지만 소녀의 목소리는 아니었다.

목소리가 들려온 곳은 주머니 안이었다. 레오는 스마트폰을 꺼냈다. 화면이 점거당해 타락왕이 커다랗게 비춰져 있었다.

물론 레오의 스마트폰에만 들리도록 말하고 있는 것은 아니었다. 온 도시의 통신망, 모니터를 점거해서 대대적으로 심심 풀이 선언을 하는, 평소와 같은 수법이었다.

화면 속에서 타락왕이 말했다.

"내 게임에 편승한 녀석이 있군. 심지어 재미없는 방법으로 개입을 했어. 이 괴물은… 으음, 이게 보이지 않는다고 할 녀석은 없을 테지만 시시한 머저리가 불러냈네. 어떤 수법을 썼는지는… 말해 주지 않으면 모를 녀석들과는 애당초 거리가 먼 이야기니 신경 끄고 소박한 일과로 돌아가시게나. 냉장고를 정리하거나 우표수집이나 하란 말이야. 으음~ 무슨 얘길 하고 있었더라?"

무언가를 깜박한 듯 타락왕이 허공을 올려다보았다.

"아, 그렇지. 다시 말해 재미없는 짓 좀 하지 말라 이거야."

그 규탄에 마도사는 반응을 보이지 않았다. 두 번째 테라이터가 출현한 이후 매우 당황해서 멀거니 서 있었다.

타락왕은 과장된 동작으로 머리를 감싸쥐었다.

"내가 분명 그랬지? '평범'해지고 싶다고. 정말 소박한 바람 아닌가? 그걸 방해해? 심지어 그 이유가 나처럼 되고 싶어서라고? 당치도 않은 소리. 이 우매하고 몽매하고, 애매하며 미개한 시대를 가득 메우고 있는 우둔한 무리들은 정말이지 넌더리가

나는군."

'타락왕은 실외에 있는 건가?'

화면의 배경이 하늘이었다. 합성이 아니다.

퍼뜩 고개를 들어 보았다. 타락왕은 두 번째 테라이터의 머리 위에 서 있었다.

타락왕 페무토에 관해 아는 바는 많지 않다.

천 년을 살았다는 소문에 악신(惡神) 같은 것이 아닐까 하는 설까지 돌았다.

라이브라의 멤버들이라면 조금쯤은 아는 것이 더 있을지도 모른다. 하지만 레오가 아는 타락왕의 요소는 하나뿐이었다. 바로 '괴인'이라는 것이다.

이러한 영상은 매주 전송되었지만 실제로 모습을 드러내는 일은 많지 않았다. 그런 자가 불과 수백 미터 정도 떨어진 곳에 있다. '불과'라고 한들 그 사이에는 두 마리의 괴수가 자리하고 있었지만.

레오는 가만히 상상했다. 타락왕은 지금 무엇을 보고 있을까.

거대 악마의 머리 위에서 이 헬사렘즈 로트를 내려다보며 무슨 생각을 하고 있을까.

괴인의 생각은 가늠할 길이 없었지만 좌우간 타락왕은 탄식하며 따져 물었다.

거리가 있어서 목소리가 직접적으로 들리지는 않았다. 하지만 스마트폰을 통해서 들을 수 있었다.

"무엇보다 참을 수 없는 것은 사실과는 거리가 먼 소리를 했다는 거지. 참지 못하고 첨삭을 하러 와 버렸잖아. 뭐가 나의 최대치라고?"

타락왕은 오른손을 움켜쥐더니 다시 펼쳤다. 그러자 마술이라도 부린 듯 고풍스러운 총이 나타났다. 콜트SAA다. 적어도 겉모습은.

타락왕은 심드렁한 태도로 그 방아쇠를 당겼다. 우선은 커다란 쪽의 테라이터에 바람구멍을 내어 산산조각으로 파괴하더니 그대로 작은(작은?) 쪽도 마찬가지로 분쇄했다. 그렇게 그는 거대생물 두 마리를 눈 깜짝할 새 죽이고 모습을 감추었다.

테라이터는 각각 하얀 가루가 되어 흩어졌다. …레오도 처음에는 재인 줄 알았지만 눈처럼 펄펄 내려 쌓이는 하얀 것을 손바닥으로 받아보니 소금이었다. 흔적도 남기지 않고 소실된 괴물의 파편이었다.

현기증이 났다. 레오는 쓰러지지 않기 위해 균형을 잡으며 어떻게든 이 상황을 받아들이려 했다. 도시를 멸망시킬 정도의

위협 두 개가 땅에서 솟아나더니 느닷없이 처리되고 말았다. 단지 그뿐이라고.

'나는 잘 모르겠지만.'

초현실적인 존재가 하는 일을 무슨 수로 이해하겠는가.

그 타락왕도 이제는 없었다. 스마트폰 화면에서 말을 하는 영상이 흘러나올 뿐이었다.

"개미집 상자. 그건 잔혹한 장난감이지."

이번에도 뜬금없이 타락왕은 그런 말을 했다.

"하지만 무엇이 가장 잔혹한 일일까? 그 작은 세계를 들여다보는 것은 상관없지만 그곳에 있는 자들이 알아채게 해서는 안 되네. 그들이 알아서는 안 되기 때문이지. 자신들의 세계를 좌우할 만큼 압도적으로 거대한 힘이 존재한다는 사실을."

사라진 것이 하나 더 있었다.

쏟아지는 소금으로 된 눈에 파묻혀 가고 있었지만 마도사도 몸이 오그라들어 황소개구리 정도의 크기가 되어 있었다. 심지어 죽어 있었다. 동화했다던 테라이터가 죽은 탓일까.

영상은 이러한 말을 끝으로 끊겼다.

"그래. 알아서는 안 되고말고."

밤이 될 때까지 가벼운 구역질. 그리고 분명 스트레스가 원인일 듯한 치통이 가시질 않았다.

"지혜열 같은 거겠지."

재프가 그렇게 말하자 제드가 지적했다.

"그 말은 흔히들 오용을 하시더군요. 정확히는…."

레오는 평소에도 두 사람이 말다툼을 벌이면 내버려 두고는 했지만, 오늘 밤은 그냥 기력이 떨어져서 꼼짝도 할 수가 없었다. 너무도 많은 일들이 연달아 일어나서 마음이 추슬러지지가 않았다. 몸은 녹초가 되었는데 신경은 곤두서 있었다.

라이브라 본부의 익숙한 미팅룸에서 재프, 제드, 레오까지 세 사람은 각각 소파에 진을 치고서 기밀처리가 된 지급용 PC로 서류를 작성했다. 오늘 있었던 일에 관한 보고서를 쓰고 있는 것이다. 가장 정확한 보고서는 체인이 제출할 테지만 그녀의 소속은 인랑국이라 재프와 레오 쪽에서도 일단은 보고서를 제출해야만 했다.

다른 멤버들이 사무실로 돌아오지 않은 것으로 보아 부고게라다다스 장군 관련 사건은 아직 끝나지 않은 모양이었다.

"…흔한 일이군요."

레오는 몇 분 전부터 구역질이 심해져서 소파에 누워 있었다.

레오의 말에 제드가 네, 하고 동의했다.

"호칭 때문이기도 하지요. 애초에 지혜열이라는 것은…."

"아, 아뇨. 세계멸망의 위기 말이에요."

"아아."

"오늘만 해도 몇 번을 멸망할 뻔했는지…. 심지어 다른 사람의 담당 안건도 위험도는 똑같았었잖아요."

"하루 이틀 일이냐. 장사 잘 되니 좋지 뭘."

"돈도 안 되는 일이잖아요."

"그야 그렇지."

재프도 제드도 서류를 작성하느라 집중해서 선대답만 했다.

"아."

그러다 문득 어떤 생각이 떠올랐는지 재프가 분하다는 투로 말했다.

"라킨은 가지도 못 했네. 엎친 데 덮친 격이구만, 망할."

레오도 일어나서 작업을 재개했다.

오늘 있었던 일, 작전을 변경하기에 이른 경위, 각자의 역할과 실패…. 어설프게 입을 맞췄다가는 스티븐이 금방 알아채기 때문에 개개인이 정확히 정리해야만 했다. 조직은 이것을 차후 연구자료로 쓸 것이다. 유사한 사건이 발생했을 경우, 과거 정보의 질에 따라 임무의 성패가 결정되는 일도 없지 않았다. 남의 일이 아니기에 재프조차도 이런 일은 날림으로 하지 않았다.

보고서에 타락왕의 영상을 붙여 넣은 것을 끝으로 레오의 작업은 마무리 되었다. 하지만 전원을 끄기 전에 다시 한번 재생해 보았다.

연설을 듣던 중에 레오가 중얼거렸다.

"타락왕으로 살면 어떤 기분이 들까요."

"그건 또 뭔 소리야."

괴인은 무슨 생각을 하고 살까. 재프는 그런 웃기지도 않는 이야기는 왜 하냐는 듯한 투로 일축했다.

레오도 그럴 만하다고 생각했다. 그것을 알 수 없기에 괴인이라 여겨지는 것이다. 하지만.

"그 개미집 상자 이야기가 귀에 남아서요."

"그 녀석답게 평소처럼 거만한 소릴 지껄인 것뿐이잖아."

"그럴까요."

화면 속 타락왕의 얼굴을 바라보며 레오는 말했다.

"개미 쪽일지도 몰라요. 타락왕은."

"……."

타닥타닥. 무미건조하게 키보드를 두드리는 소리만이 들려오는가 싶더니.

  잠시 후 재프가 중얼거렸다.

  "감상적인 소리 작작해라."

  "미안하게 됐네요."

  "그런 녀석들에게도 인간과 비슷한 점이 있을 거라는 생각은 버려. 그놈들 말은 말 그대로의 의미지, 거기에 숨겨진 의미 같은 게 있을 리 없어."

  "왜 그렇게 생각하는데요?"

  "왜긴 왜야. 그야 지나치게 평범하고 감상적인 일이라서지."

  그 대화를 마지막으로 이날 하루가 끝났다.

4
For a week.

（도시는 평온했다）

GOOD AS GOOD MAN

그로부터 일주일 정도 도시는 평온했다.

핵융합 폭탄이 행방불명되는 사건은 있었지만, 폭파는 저지되고 폭탄 자체도 무사히 회수되었다. 너무도 일이 매끄럽게 해결되는 바람에 오히려 다들 의아해했을 정도였다.

그 밖에도 시대에 뒤떨어진 테러리스트가 일발역전의 무기를 찾아 헬사렘즈 로트를 방문하는 일이 심심치 않게 일어나서, 사람들은 이미 '신의 재채기'라는 조직은 물론이고 대괴수가 출현했던 일까지 전부 잊어버렸다. 가짜 타락왕의 숫자는 계속 늘었을 것이다. 하지만 다른 직접적인 파국이 매일같이 찾아온 탓에 라이브라에서의 대응 우선순위는 오르지 않았다.

그다지 자주 사용되지는 않았지만 라이브라의 사무실에는 '개인실'이라 불리는 방이 있었다.

싸구려 호텔의 객실만큼 넓지도 않았지만 화장실보다는 넓었다. 벽에는 책상과 의자 한 세트가 딱 붙어 있고 PC가 한 대 놓여 있다. 콘센트는 하나뿐이라 멀티플러그가 있어야 좀 쓸 만했다.

무언가를 하기로 정해진 장소도 아니었다. 개인 책상이 없는 스태프가 사소한 작업을 할 때를 위해 준비해 둔 것이다. 구성원이 빈번히 교대될 것을 전제로 한 공간이리라. …본인들도 그렇게 오래 살아남을 수 있는 직장이라 생각하지 않기 때문이다.

　실제로 이런 일이 있었다.

　지지난주에 새로운 구성원으로 들어온 그 남자의 이름은 길빈 비 바부비비 3세였다. 문무를 겸비했으며 윤기 넘치는 황금빛 머리카락에 진주처럼 하얀 피부, 왼쪽 눈은 밝은 도라지빛에 오른쪽 눈은 어두운 붉은빛, 화가 나면 이마에 로즈골드색 문양이 떠오르는 데다 각성시에는 검은 죽음의 오라를 뿜어내는 등. 주로 얼굴 쪽 색정보가 복잡하고 많은 하이퍼 미남에 초급(超級) 드래곤 헌터이자 저작물이 많은 카리스마 주부(主夫)에 질 좋은 버섯이 나는 산을 소유한 땅부자라는 모양이었다. 자료에는 거대하고도 투명한 로봇과 합체해서 내지르는 플라즈모닉스 가이간틱 드릴이 필살기라고 기재되어 있었지만 실제로 본 사람은 없다는 듯했다. 투명하니까.

　송곳니 사냥꾼이 어디선가 찾아내서 고용했는데, 이유는 모르겠지만(아니, 대충은 알겠지만) 만장일치로 헬사렘즈 로트로 파견하기로 결정이 되었다고 한다.

본부에 들어오자마자 그는 "이 조직은 왜 이렇게 분위기가 미적지근하다는 말인가!"라며 설교를 늘어놓기 시작했다.

"전 세계의 질서와 파멸이 상충하는 최전선에 있다는 자각은 있는 건가! 평화에 타협이란 있을 수 없다! 새로운 리더로서 모든 것을 바로잡아야겠어! 우선은 거기 있는 길쭉하고 마른 여자! 네놈의 인생은 지금 막 끝났으며 지금부터 새로운 인생을 살게 될 거다! 자아, 말해라. 나는 다시 태어났노라고 말해!"

보고 있는 쪽이 식겁할 정도로 무시당한 일은 둘째치고, 그 후….

"내일부터는 지옥이 기다리고 있다! 각오해 둬라. 편히 잠들 수 있는 건 오늘밤이 마지막이다!"

그런 소리를 하고서 일단 숙소로 돌아가기로 한 듯했는데.

돌아가던 도중에 근처 드러그스토어에서 이 도시에만 있는 신상 스무디, 이차원(異次元) 레인보우 두근두근맛을 시음해 보려 했다는 모양이었다. 그 와중에 점원에게도 건방진 태도를 취하는 바람에, 점원이 보이지 않는 곳에서 스무디에 침을 뱉었다고 한다.

그 결과, 타액에 들어 있던 톱물맴이의 알이 체내로 들어가 뇌를 갉아먹는 유충에게 자아를 빼앗겨서 반나절 후에는 움직

이는 시체가 되어 길거리를 배회했다. 이번 주에는 세 번 정도 봤는데 인사를 하자 "가구고고기, 구게게게게."라는 괴상한 언어를 쏟아내더니 벽에 붙은 이끼를 핥는 일상으로 돌아갔다. 의사의 말에 의하면, 물맴이가 성충이 되어 항문으로 빠져나가면 1년 정도의 재활 과정을 거쳐 일상생활로 돌아갈 수 있을 것이라고 한다.

결국 이 도시에서 살아간다는 것은 그런 것이리라.

'아니, 꼭 그런 건 아니겠지만….'

어째 맞는 말인 것 같다는 생각이 들어서 문제다.

여하튼 다음 순간에 무슨 일이 일어날지 모르는 도시에서 한 가지 사건에 매달려 봐야 의미가 없다.

하지만….

"여어."

느닷없이 개인실 문이 열렸다.

일단 잠가 두기는 했으나 단순한 내부 잠금장치라 재프에게는 포렴을 지나는 것과 다름이 없었을 것이다.

"너 또 여기 처박혀 있었냐? 야동이냐? 야동 보고 있었지?"

"아닌데요."

레오는 전혀 믿지 않고 방을 구석구석 둘러보는 재프에게 말했다.

"이거예요."

PC화면에서는 동영상이 재생 중이었다.

거기에는 타락왕이 비춰져 있었다. 재프는 얼마 동안 진지한 표정으로 생각에 잠겼다.

"어디가 야한 건데?"

"글쎄 야동 아니래도요."

"동영상인데?"

"개념조차 이해 못 하겠다면 됐어요."

타락왕은 화면 속에서 평소처럼 도시를 혼돈에 빠뜨리겠노라 선언하고 있었다. 3주 정도 전에 배포된 영상이다.

"좋은 생각이 났다, 즐거운 세계를 만들어 보자는 소리를 하더니 양산 타락왕이 출현하기 시작했잖아요?"

레오는 동영상을 정지시켰다.

타락왕이 과장된 포즈를 취한 장면에서.

정지 화면 속의 타락왕은 영상에 불과했지만 그럼에도 무슨 짓을 저지를 것만 같이 보였다.

"뭔가 마음에 걸린다는 말이죠."

다시 재생하지 않고 레오는 화면을 껐다.

재프는 진작 싫증이 났는지 어이가 없다는 듯 천장을 올려다
보고 있었다.

"왜 음침한 첩보부 같은 짓을 하고 그러냐."

이어서 제드가 입구에서 고개만 빼꼼 내밀었다. 세 명이 함
께 있기에는 방이 너무 좁았다. 밖에서 기다리려 했지만 재프
가 말한 단어에 반응한 모양이었다.

"어설픈 지식으로 정보 분석을 하는 것은 바람직한 일이 아
닙니다. 음모론의 씨앗이 되기도 하니까요."

"아니, 그렇게 거창한 걸 하려던 건 아니었는데요."

물론 라이브라, 나아가 송곳니 사냥꾼의 다른 부서에도 증거
며 보고서를 통해 전문적으로 정보 분석을 하는 일류 스태프가
있다. 초짜가 참견할 분야가 아니다. 그 전문가들이 이번 타락
왕의 행동은 악질적이기는 하지만 묻지마 범행의 영역을 넘지
않아, 현재로서는 역량을 할애할 수 없다고 판단한 것이다. 레
오도 그 판단을 뒤집을 생각은 없었다. 하지만 본인도 또렷하
게 표현할 수 없는 위화감이 머릿속에서 가시질 않았다.

그 위화감을 표현할 방법을 끝내 찾지 못한 채로 레오는 말을
이었다.

"정보라는 말이 나와서 말인데, 추적조사를 했는데도 아는

사람을 못 찾았나 보네요."

"어엉?"

"그 마도사의 이름이요."

그 말을 듣고도 재프는 정말 짚이는 바가 없었는지 얼마간 생각에 잠겼다. 그러다가 아아, 하고 겨우 생각을 해내고는 고개를 끄덕였다.

"마도사란 놈들은 대개 이름을 숨기니까."

"그 괴물도 타락왕도, 그에 관해서는 모르겠죠."

"그렇겠지."

재프는 짜증스럽게 얼굴을 구겼다.

"…무슨 소리가 하고 싶은 건데. 또 퓰리처상을 노리는 감상충만 글쟁이 같은 소리나 늘어놓으려고? 테러리스트놈들 이름도 다 몰랐잖아. 그때 백 명은 쳐죽였고 그 열 배가 건물에 깔려 죽었어."

"무슨 소릴 하고 싶은지는 둘째치고, 어떤 식으로 생각을 하면 될지도 모르겠어요."

"이야~ 시 한 편 짓기 참 쉽네. 아무렇게나 막 던져도 되고."

"'그러게~'라고 맞장구도 못 쳐주는 사람 상대하려니 피곤하네요."

레오도 반박하며 한숨을 내쉬었다.

그 마도사의 죽음은 자업자득이라 할 수 있었지만.

왕이 되었다며 환희하던 이름 모를 그의 모습을 기억하는 것은 자신뿐인가 싶어 문득 불안해졌던 것이다.

'이건 정말 데면데면한 감상이려나….'

그것도 정곡을 찌르는 말이기는 했다.

하지만 생각은 이쯤해서 접어야 할 듯했다. 재프와 제드가 나란히 이곳에 온 것은 심심풀이를 하기 위해서가 아님을 레오도 알았기 때문이다.

"어쨌든 출동이다. 리오미제바겟후즈 극장. 마방진 오케스트라가 너무 흥이 올라서 진짜 요괴를 불러냈다더라. 실체화한 녀석은 경찰 쪽이 대충 청소했지만 이면의 허상좌표는 발견할 방법이 없잖아. 그러니 네가 나설 차례라 이거지."

"네."

레오는 자리에서 일어났다.

방을 나서기 전에 PC를 흘끔 쳐다보았다. 그리고 이미 꺼진 화면을 향해 말했다.

"…반대로 어떻게 하면 심심할 수가 있는지 물어보고 싶은데."

또다시 사흘이 지났다.

완전히 새로운 상황—죽을 뻔하거나 죽다 살거나 죽는 게 나을 뻔하거나, 뭐 그런 상황에 시달리던 레오는 아무런 전조도 없이 메일로 부름을 받았다. 스티븐 A. 스타페이즈가 보낸 것이었다.

알바 중이었지만 근무시간을 바꿔 달라고 부탁해서 택시를 타고 그가 지정한 장소로 향했다. 도착하기 직전에 그곳이 어디인지 알아챘다. 대규모로 함락되고 기울어진 길에 접어든 탓에, 번들번들한 비닐시트에서 미끄러지지 않고자 몸에 힘을 주고 버티던 참에 생각이 났다. 스티븐이 합류 장소로 지정한 곳은 그 창고가 있던 장소였다.

택시에서 내렸다. 부지는 봉쇄되어 있었지만 경찰의 모습은 보이지 않았다. 어차피 재구성되어 다른 장소로 이동하겠지만 영문 모를 이형의 건물과 뒤바뀌는 경우도 많기 때문에 경찰도 현장 보존에 그리 적극적이지는 않았다. 이번에는 관련자가 모두 죽어 버려서 재판이 열릴 것 같지 않다는 이유도 있었다.

주변이 괴멸된 상태여서 통행인도 없었다. 구경을 오는 사람들이 아주 없지는 않았지만 그것도 시간이 지나서인지 거의 찾아볼 수가 없었다. 봉쇄 테이프에는 이미 누군가가 안으로 들

어간 흔적이 있었다. 레오도 테이프가 찢어진 곳을 통해 안으로 들어갔다.

창고의 잔해를 비롯해 모든 것들이 납작하게 찌부러져 있어 사람을 찾기는 쉬웠다. 중앙 부근에 키가 큰 인물이 있었다. 스티븐이었다.

그가 주간에 이렇게 탁 트인 곳에 혼자 있는 모습이 어째 신기해 보였다. 이 장소가 헬사렘즈 로트에 어울리지 않는 공터가 된 탓에 더더욱 눈에 띄기도 했다. 창고는 완전히 찌부러졌고 주변 건물도 높이가 높은 것은 진작 무너졌다. 하늘이 탁 트여 있으니 안개도 조금 옅어진 듯 느껴졌다. 도시 한복판에서 다소 보기 드문 규모의 파괴가 일어남으로 인해 세계가 평온해진 것처럼 보이다니, 참으로 얄궂은 일도 다 있다. 그리고 그것이 착각에 불과하다는 것을 알기에 더더욱 얄궂게 느껴졌다.

레오가 다가가던 도중에 스티븐이 당연하다는 듯 알아챘다. 그는 창고 잔해 위에 서 있었다. 이상한 점은 그가 유리병을 안고 있다는 것이었다. 상표가 붙어 있지 않은 것으로 보아 어디서 사 온 것은 아닌 듯했다. 겉보기에는 과일을 절인 물 같았다. 뚜껑이 없는 탓에 옆으로 눕히질 못해 들고 있기가 힘들 것 같았다.

"미안하게 됐군. 갑자기 불러내서."

스티븐이 그렇게 말을 걸어오기에 레오는 고개를 끄덕이며 답했다.

"네."

"시급과 교통비는 지급하도록 하지."

"아뇨, 그건 상관없는데요. 저만 부르셨어요?"

레오는 물었다. 주변에는 평소 함께 행동하는 멤버는 물론이고 라이브라의 조사원인 듯한 자들의 모습도 보이지 않았다.

스티븐은 병을 든 채 어깨를 으쓱했다.

"아직 본격적으로 움직일 단계는 아니거든. 이건, 요즘 일어나고 있는 타락왕 사건이야. 자네도 신경 쓰고 있었지?"

"네. 호기심 채우려고 하는 짓이지만요. 그래서 절 부르신 건가요?"

"꼭 그런 것은 아니야. 하지만 이유를 좀 물어도 될까?"

레오는 생각했던 바를 말로 옮겼다.

"속을 모르겠다 싶어서."

"…속?"

답변이 너무도 예상했던 것과는 달랐기 때문인지 스티븐은 의표를 찔린 듯한 눈치였다.

"타락왕 말인가?"

"네, 뭐."

"그렇군…."

스티븐은 그러는 레오의 속을 더 모르겠다는 표정을 짓더니 본론으로 돌아갔다.

"사실 나도 궁금하기는 했거든."

그렇게 말하며 병을 한쪽 손으로 고쳐들고서 비어 있는 손으로 등 뒤를 가리켰다.

"보고서에 의하면 실제 현장을 목격한 것은 자네뿐인 것 같았는데, 틀림없나?"

"현장?"

스티븐이 가리킨 곳에는 평평하게 짓눌린 잔해만이 깔려 있을 뿐, 무언가가 있는 것은 아니었다.

하지만 어쩐지 눈에 익은 강철색이 섞여 있었다. 컨테이너 색이다. 스티븐은 고개를 끄덕였다.

"응, 가동 중인 전산기를 봤을 것 아니야."

"돌입 전에 체인 씨도 봤을 텐데요."

"그녀는 들여다봤을 뿐 접촉은 안 했어."

"저도 연결되어 있던 타락왕을 풀어 준 것뿐인데요."

"그때의 상황은?"

"보고서에 적었잖아요."

"그 밖에 더 생각난 것은 없나?"

대화가 끝나지 않기에 레오는 뭔가 심상치 않은 의도가 깔려 있음을 알아챘다. 물론 스티븐이 잡담이나 하려고 사람을 불러 냈을 리는 없다. 그런 이야기라면 라이브라에 있는 사무실에서 해도 될 것이고, 굳이 현장까지 오게 한 것은 조금이라도 기 억을 환기시키는 계기가 되었으면 했기 때문일 것이다.

그렇다면 이것은 중요한 질문일까, 라는 생각을 하던 레오는 결국 고개를 가로저었다.

"딱히요. 뭐… 현장도 이 모양이 되었잖아요."

"그렇군. 그렇겠지."

명백하게 낙담…한 것 같지는 않았지만, 스티븐의 목소리에 는 탄식이 섞여 있었다.

"무슨 일 있었어요?"

레오의 질문에 스티븐이 답했다.

"정보를 얻었거든. 다만 그 신빙성이 의심돼서."

"신빙성이라."

"선뜻 믿기지가 않는 이야기라 말이지. 만약 사실이라면 상

황을 해결할 수 있을지도 몰라."

"엑."

깜짝 놀란 레오는 아랑곳 않고 스티븐은 병을 들어 올렸다. 자신의 눈높이까지. 그러고는 물에 떠 있는 퉁퉁 불은 과실을 가만히 바라보며 중얼거렸다.

얼음과 같은 냉혹함이 깃든 목소리로 갑자기.

"어떻지? 이 애매한 정보에는 네 운명이 걸렸다. 좀 더 분투해 줬으면 하는데."

"그, 그런가요?"

레오가 당황하자 스티븐은 싱거운 투로 말했다.

"아, 자네보고 한 말이 아냐."

"네?"

"케오리프 라프부텔. 이 녀석한테 한 말이지."

스티브는 아마 레오도 이미 알고 있을 것이라고 생각한 것이리라.

그 병에 든 것이 과일이 아니라는 사실은, 자세히 보면 알 수 있는 일이기에.

빨간, 반쯤 녹은 상태의 무언가라는 것은 분명했다. 그중 가장 큰 덩어리에 안구가 거의 파묻히다시피 자리한 것을 레오는 발견했다.

그 순간, 그 물체가 본래는 어떠한 형태를 띠고 있었는지 알수 있었다. 모양이 상당히 많이 허물어진 데다 병 속에 확산되어 있기는 했지만 인간의 내장이었다. 그것은 고동치듯 움직이고 있었다. 전체적인 양은 병에 들어갈 정도로 적었다. 인형 정도의 크기였다.

"그건…."

레오의 예감을 스티븐이 긍정했다.

"'신의 재채기'의 마도분야 고문, 논리폭탄을 만든 비법 산술사지. 열흘 정도 전에 이곳에서 회수했어."

"죽은 거 아니었어요…?"

그때는 분명 죽었었다.

그리고 지금 이 상태를 살아 있다고 할 수 있을지 어떨지는 모르겠지만. 어쨌든 병 안에 든 것은 저절로 꿈틀대고 있었다. 기민하게는 움직이지 못하는 듯했지만.

보다 보니 병의 뚜껑이 없는 이유를 알 것 같았다. 물 같았던 액체가 솟아오르더니 물엿처럼 느릿하게 뻗어 주둥이로 나왔다. 그 끄트머리를 흔들어 무언가를 어필하고 있었다. 조금 전 스티븐이 한 말에 항의라도 하듯이.

그 반응을 냉담하게 바라본 채 스티븐이 말을 이었다.

"아니, 반영구적으로 죽지 못하게 된 모양이야. 어지간히 좋지 못한 것과 동조된 것 같더군. 검체 검사 도중에 소생했지. 하지만 이 상태까지밖에 회복되지 않았어. 이 액체도 허물어진 몸과 같은 성분으로 되어 있고."

이 말은 레오에게 설명을 함과 동시에 병 안에 든 것에게 못을 박고자 한 것이리라.

스티븐은 품안에서 스마트폰 한 대를 꺼내어 병에 든 것에게 내밀었다.

"적어도 이쪽 이야기는 들을 수 있는 것 같아 다행이야. 어디, 첫 번째 거래의 대가로 이걸 제공하지. 조치가 끝난 물건이라 술식은 기동 못 해. SIM칩도 빼 두었고. 문자만 입력할 수 있지. 그래도 뭔가 수상한 징후가 보이면 거래는 중지다. 병의 뚜껑을 닫아 깜깜한 곳에라도 봉인해서 두 번 다시 그 누구도 네 녀석과 의사소통을 하지 못하게 하겠어. 영원히."

병의 주둥이에서 나와 있는 부위가 경련을 일으킨 듯 떨렸다. 공포로 몸을 떠는 듯 보였다.

조심스럽게 스마트폰 화면에 끄트머리를 접촉시키자 화면이 켜졌고, 그러자 병 속에 든 장기 쪽까지 바르르 떠는 듯 보였

다. 그것은 밖으로 나온 부위를 채찍처럼 꿈틀대며 필사적으로 스마트폰을 조작하기 시작했다. 쾌감에 몸부림을 치는 것처럼 보이기도 했다.

"그렇게 서두를 것 없어. 그 팔이 끊어지면 다시 돋아나는 데 시간이 걸릴 테니 말이지."

마도사의 움직임이 차분해진 것은 스티븐의 충고를 받아들였기 때문이라기보다는 애초에 움직이기만 해도 상당한 힘이 소모되기 때문이리라. 실수도 많아서 한 문장을 입력하는 데 거의 1분이 걸렸다.

화면에 표시된 문자를 레오도 함께 읽었다.

「교환조건은, 틀림없겠지?」

스티븐은 조용히 답했다.

"그래. 협조하면 너를 완전히 없앨 방법을 찾아보지. 만약 찾지 못한다 해도 최대한 시간을 느끼지 못하는 상태로 봉멸(封滅)하겠다."

마도사 케오리프는 새로운 문장을 입력했다. 한 문장이기는 했지만 같은 단어가 반복되어 있었다.

"고마워. 고마워. 고마워…."

물론 문자, 그리고 내장은 감정을 표현할 수 없지만 흐물대며 문장을 입력하는 팔의 움직임은 오열하는 것처럼 보였다.

그다지 접한 적이 없는 스티븐의 가열한 말투에 당황한 레오는 자신도 모르는 새에 기가 죽어 있었다. 이 교섭이라는 것이 요청이라기보다는 협박처럼 느껴져서 당황스럽기는 했지만 당사자가 이렇게까지 감격하는 것을 보고 있자니 참견을 하기가 꺼려졌다.

이곳은 헬사렘즈 로트였고 잊으려야 잊을 수 없는 사실이지만, 라이브라는 세계의 위기가 눈앞에 닥치면 학살도 불사할 조직이었다. 협박과 고문을 꺼릴 이유가 없다. 스티븐의 제안은 오히려 합리적이라 할 수 있을지도 모른다. 상식이 바뀌면 매사에 대한 인식도 뒤집히기 마련이다. …이러한 일도 대붕괴 이후 모습을 드러낸 세계의 심부(深部)와 마찬가지로 사람들의 눈에 띄지 않았을 뿐, 계속 존재해 왔을지 모른다.

스티븐이 곁눈질로 자신을 보고 있음을 퍼뜩 알아챈 레오는 몸을 움찔했다. 흉터가 있는 쪽 옆얼굴로 바라보는 바람에 그때까지 무슨 생각을 하고 있었는지 깜박 잊을 뻔했다.

"그의 발언을 주의해서 보고, 자네의 기억과 다른 점이 있다면 경고해 줘."

"아, 네."

"그럼 묻겠다. 케오리프, 네가 어떤 일을 계획했었는지 말해라. 방법까지 상세하게."

"어디 보자."

심문을 마친 스티븐이 소집을 걸어 본부에 멤버들이 모인 것은 밤이 된 뒤였다.

그 현장에서 레오가 돌아온 것은 해가 저물기 전이었으니, 스티븐은 그로부터 두 시간도 채 되지 않아 정보를 취합해서 기술자, 첩보원들과 정밀 조사까지 마쳤다는 뜻이 된다. 그것은 그의 일처리 속도가 빠르다는 것을 증명하는 바이기도 했지만 이 안건의 우선도가 급상승했음을 의미하기도 했다.

스티븐은 둘째치고 미팅룸에 모인 멤버들로 말하자면….

우선 크라우스. 라이브라의 지휘관으로 최종적인 결정은 그가 내리도록 되어 있었다. 회의 내용이 무엇인지 이미 아는 것인지 복잡한 얼굴로 서 있었다. 뭐, 대체적으로 늘 복잡한 표정을 짓고 있기는 했지만….

조금 떨어진 위치에 자리한 창문 옆에 서서 방 전체를 내다보고 있는 이는 K. K였다. 그녀는 늘 전체를 파악할 수 있는 위치에 자리를 잡고 싶어 한다는 사실을 레오는 알았다. 딱히 전투태세에 들어간 것은 아니었고, 아마 저격수로서의 습성일 것이다.

재프와 제드는 나란히 소파에 앉아 있었다. 이 두 사람은 뭐, 생략해도 되겠지.

좌우간 이러한 멤버들이 모였다. 이 미팅이 무엇을 위한 것인지 아직 모르는 사람은 K. K와 재프, 제드까지 세 명뿐이었다. 레오는 대충 알았지만 스티븐이 어떻게 결론을 내렸는지까지는 알지 못했다.

스티븐은 방을 둘러보고서 곧장 본론을 꺼냈다.

"이렇게 모이게 한 건, 타락왕과 지난주에 있었던 '신의 재채기'에 관한 일 때문이야."

"'이 몸이 대활약을 펼쳤던'이 빠졌는데요."

재프가 진지한 얼굴로 강조하듯 말했다. 다들 무시했지만.

스티븐은 책상 위에 있던 모니터를 휙 돌려 일동이 볼 수 있게끔 했다. 거기에는 그 병의 사진이 표시되어 있었다.

"마도사 케오리프. 궁지에 몰린 나머지 신성존재에게 접촉했다가 지금은 이 꼴이 되었지."

실내에 있던 그 누구도 놀라지 않았다. 그다지 신경을 쓰는 눈치도 아니었다. 술법에 실패한 마도사의 최후는 질리도록 본

탓이리라. 스티븐도 그대로 말을 이었다.

"그는 명백하게 실력에 맞지 않는 술법을 사용했어. 그 촉매로 사용된 것이 최근 도시에 출몰하고 있는… 보고서를 인용하자면 '타락왕의 인격에 빙의된 일반인'이야."

그는 의미심장한 투로 말하고서 헛기침을 했다.

"지금까지 이 가짜 타락왕은 무해한 존재로 알려졌었지. 그들에게서 타락왕의 지식 등을 끌어내는 것은 불가능해 보였거든. 하지만 케오리프는 성공했어."

"불완전했지만 말이죠."

재프가 반박했다.

스티븐도 그 사실은 인정하는 바였지만 고개를 가로저었다.

"진짜 타락왕에는 미치지 못했지. 하지만 만약 진짜가 나타나지 않았다면 도시는 어떻게 되었을까?"

"……."

제아무리 재프라도 반론할 방법이 없었는지, 그 대신 다른 질문을 날렸다.

"그건 정말로 타락왕의 힘입니까? 마도사가 하는 말을 어떻게 곧이곧대로 믿습니까."

"확인 작업은 해 뒀어. 현장에 남겨져 있던 두께 2밀리미터 정도로 압축된 연산기를 분해했거든."

"…근본적으로 어떻게 한 건데요."

"정보를 우습게보지 말도록. 강력한 계획일수록 그리 쉽게 휘발되지는 않는 법이야."

스티븐은 다시 설명을 진행시켰다.

"케오리프는 가짜 타락왕을 이용해서 타락왕 본인에게 역접속을 시도하려 했지. 만들었던 술식에 그 흔적이 남아 있었어."

"역접속이라니?"

그렇게 물은 것은 지금껏 입을 다물고 있던 K. K였다. 스티븐은 고개를 끄덕임과 동시에 얼굴을 구겨 복잡한 표정을 지었다.

"인격이란 무엇인가, 라는 이야기로도 이어지는데."

모니터 속 화면을 전환하자 이번에는 그 소녀 타락왕이 표시되었다. 그녀는 이 본부와는 다른 라이브라의 시설에 수용되어 검사를 받고 있었다.

"보고서에 '피해자에게는 타락왕의 인격이 빙의되어 있다'라고 적은 것은 정보원이지, 의사도 주술사도 아니야."

"응."

"사람과 사람의 인격이 뒤바뀐다는 것은 영화나 드라마에도

자주 등장하는 소재인데, 관객들이 어째서 의문스러워하지 않는지 설명할 수 있겠어?"

"설명?"

갑자기 질문을 받은 K. K는 당황한 눈치였다. 영화 같은 쪽으로 이야기가 비약된 탓이리라.

스티븐이 스스로 답했다.

"물론 관객들이 대충 알기 때문이야. 픽션이니 말이지. 인격의 토대를 이루는 영혼 같은 것이 있고 자아며 인격은 거기에 부속되어 있다. 그리고 그것이 어찌어찌 뒤바뀔 수 있는 세계일 것이라는 식으로 말이야."

"흐음."

멍하니 웅얼거린 K. K의 얼굴에 보인 감정을 굳이 말로 표현하자면 '네가 TV도 봐? 토 나오는데? 곧 죽을 예정이야?'였지만.

좌우간 스티븐이 요점을 늘어놓자 모두가 입을 다물었다.

"과학적으로 설명을 덧붙이는 경우도 있지만 결국 근본은 변하지 않아. 판타지지. 그럼 현실적으로 생각해 보지. 자아, 영혼이라는 것은 실존할까."

"……."

이곳, 헬사렘즈 로트의 현실은 늘 변용(變容)한다. 변용해 왔다.

지형조차 믿을 수가 없다. 어제까지 전혀 없다고 생각했던 가능성이 내일도 없으리라는 보장은 없다. 그런 곳의 상식에 비추어 보아도 난문이었다.

"우리는 지금까지 질려 버릴 정도로 많은 마도와 술법을 보아왔지. 이해 못 할 일은 산더미처럼 많아. 확실한 것은 붕괴 이전과 마찬가지로… 인격은 어디까지나 뇌신경의 반사에 따른 종합적인 패턴일 뿐이라는 거야. 그럼 '타락왕의 인격이 빙의한다'는 것은 어떤 현상일까? 피해자의 뇌에서 외과적인 변화는 발견되지 않았어. 다시 말해서 타락왕의 인격이라는 것은 외부에서 피해자를 조종하고 있는 거야."

스티븐은 막힘없이 말을 이어 나갔다.

"양자 얽힘… 아니, 보스 아인슈타인 관념 응축체라고 해야 할까. 일종의 텔레포트적인 동조지. 공간을 조작하는 것이 아니라 확률론적으로 정보를 동기화시키고 있어. 물론 신성존재나 가능한 수준의 조작이지. 말하자면 신이 주사위 놀음을 하고 있는 셈인 거라고."

거기서 말을 끊고서 일동을 둘러보았다.

그중 유달리 눈이 휘둥그레져서 진땀을 흘리며 몸을 떨고 있는 재프를 바라본 채 이렇게 말했다.

"만에 하나라도 지금까지 들은 것 중 이해가 안 되는 게 있다면 말해 줘."

"만에, 하나."

앵무새처럼 말을 따라하는 재프는 무시하기로 한 것인지 K. K가 따져 물었다.

"확실하게 말해. 결국 영혼이 아니라 양자론 같은 걸로 연결되어 있다쳐. 그게 뭐 어쨌다는 건데? 평소처럼 페무토의 게임에 어울려 주면 되는 거 아냐?"

"어떤 게임에?"

"……."

스티븐이 되묻자 K. K가 눈살을 찌푸렸다.

그대로 스티븐이 고개를 끄덕였다.

"그래. 타락왕은 이 게임에서 승부를 가릴 생각이 없어."

"평소와는 다르다 이거야?"

"이쪽에서 나서지 않으면 사태는 더욱 악화될 거야."

"…악화될 게 있어?"

"설명할게. 조금 이야기가 복잡해질 것 같지만."

스티븐이 그렇게 중얼거리자 재프가 은근슬쩍 입만 움직여 '여기서 더?'라고 말하는 것을, 레오는 보았다.

스티븐도 알아챘을지 모르지만… 아니, 분명 알아챘겠지만 일단 무시하고 이야기를 이어갔다.

"이론적인 이야기는 둘째치고 중요한 건 동조한 이상, 가짜 타락왕들은 독립적인 존재가 아니라는 사실이야. 다시 말해서 그 마도적인 연결고리를 거슬러 올라가다 보면, 진짜 타락왕의 정보를 역지배하는 게 가능할 수도 있어."

"그렇게 쉬운 일은 아닐 것 같은데요."

재프가 회의적인 반응을 보이자 스티븐이 답했다.

"원래는 가능할 리가 없지. 하지만 타락왕이 스스로 보안 체제에 구멍을 만들어 놨다면 이야기가 달라져. 자신이 있는 건지 둔감한 건지는 잘 모르겠지만."

'일부러 그렇게 하고 싶을 때가 있기는 하지.'

레오는 그런 생각이 들었지만 발언하지는 않았다. 또 재프가 코웃음을 칠 것이 뻔하니… 어쩌면 다른 사람들까지도.

스티븐의 이야기에 다시 집중했다.

"인격에는 기계적인 숙명이 있어. 인격이 작동하는 한, 뇌는 계속해서 새로운 기억과 감정을 수용하지. 강렬한 자극을 받으

면 트라우마가 되고 우울해지기도 하는 것처럼. 이 본질적인 구조를 틀어막으면 애초에 인격 자체가 성립하지 않아. 하지만 그렇게 된 남자이기에 다른 사람과는 비교도 안 되게 뻔뻔한 거겠지. 하지만 그 구조자체가 명백하게 개인 수준을 넘어선 공격을 받으면….”

“그게 어떤 공격인데.”

K. K의 표정에 경계심이 어렸다. 답을 예상하기라도 한 듯이.

스티븐은 천천히 답했다.

“논리폭탄이야. 케오리프는 이 이론으로 경계 체제를 무너뜨려서 타락왕의 술법을 훔치려 했지. 그걸 응용하면 타락왕의 이… 뭐라고 해야 할지, 클라우드 인격망을 무효화할 수 있을지도 몰라.”

“…비효율적인데. 인격을 빼앗긴 사람들을 원상복구시키는데에는 이의가 없지만 수천만을 사멸시킬 수 있는 대량파괴병기를 우리가 제조하자고?”

“비용이 좀 많이 들겠지.”

“그런 문제가 아니잖아.”

K. K가 고개를 가로젓자 스티븐은 넉살 좋은 미소로 답했다.

“수지가 안 맞는 이야기처럼 들리겠지만, 아까도 말했다시피 사태가 악화될 수가 있어. 가장 큰 문제는 이 원리를 알아챈 것은 아마도 케오리프 한 사람이 아닐 거라는 거야. 내버려 두면 또 야심을 품은 마도사가 타락왕의 지식과 힘을 손에 넣을지도 모를 일이지. 그런 사태는 무슨 일이 있어도 막아야만 해."

스티븐은 다시 화면을 전환시켰다. 이야기는 대략 끝났을 것이다. 남은 일은 최종 결정이 내려지기를 기다리는 것뿐이다.

그는 계속 침묵을 지키고 있는 크라우스에게로 시선을 돌리며 덧붙여 말했다.

"그런 녀석이 많을지 어떨지는 모르겠지만, 한 사람만 있어도 충분히 위험해. 그야말로 파괴병기 이상으로."

이로써 정말로 모든 이야기가 다 나왔다.

일동의 시선이 크라우스에게 집중되었다.

이럴 때면 늘 그는 라이브라의 중심일 뿐 아니라 정신 그 자체라는 생각이 들었다. 그가 무슨 생각을 하고 있는지는 몰라도 이해 못 할 결단을 내린 적은 없었다. 그것이 아무리 비정하고 잔인한 결단이라 해도.

"확률로 결론을 내기는 어려운 문제로군…."

크라우스는 속삭이는 듯한 투로 중얼거렸다.

얼굴 앞에서 깍지를 낀 손에 숨을 불어넣기라도 하듯 조용한

목소리였다.

하지만 연민이 담겨 있지는 않았다. 그렇기에 어떤 결론을 내렸는지는 대충 짐작이 되었다.

"그렇다면 우리가 짊어져야 하겠지."

그 말과 동시에 멈춰 있던 멤버들이 움직이기 시작했다.

"준비를 시작하지."

"논리폭탄의 제조는 어떻게 할 겁니까? 또 규모와 작동시킬 장소의 후보는?"

"냄새를 맡고 방해를 해 올 것 같은 녀석들을 쓸어 둬야겠구만."

"리스트는 돌려쓸 수 있겠네요. 일정 이상의 힘과 여유가 있는 마도범죄자들을 추려내면 되니까요."

"그걸 통해서 협력자도 찾아내. 우리만으로는 최대 규모의 폭탄을 만들어도 감당이 안 될 테니까."

웅성웅성 이야기를 주고받다 보니 빠른 속도로 역할이 정해졌다.

그리고 매우 진부한 표현을 덧붙이자면.

아주 예상치 못한 결과가 나왔다.

5
Two
seconds.

(세련되게 일을 처리하기가 힘들군)

GOOD AS GOOD MAN

몰라보게 달라진 타락왕이 라이브라 멤버들 앞에 처음으로 모습을 나타낸 것은, 계획이 실행된 지로부터 사흘이 지났을 즈음이었다.

그때 레오가 어디서 무엇을 하고 있었느냐 하면, 이번에도 역시나 세계의 존망이 걸린 갈림길 앞에 서 있었다.

"우와와와와와와아아아아아아아!"

"야, 진정 좀 해, 실눈! 포기하지 말라고!"

"맞습니다, 레오 군. 자신이 무엇을 하고 있는지 잊으시면 안 됩니다!"

얼굴이 새파래진(한쪽은 원래부터 그랬지만) 재프와 제드가 넓지 않은 가게의 벽에 바싹 붙어 소리쳤다.

"안 잊었어요! 잊지는 않았지만… 정말로 이 방법밖에 없었던 거예요?!"

…라고 외쳤지만 입에서 나온 소리는 거의 말의 형태를 띠고 있지 않았다.

가게에는 이미 점원도 도망쳐서 레오와 재프, 그리고 제드

이렇게 세 사람밖에 남아 있지 않았다. 변두리에 위치한 피자 체인점이었다. 레오는 조금 전부터 중앙에 있는 테이블에 쌓인 데스소스 열두 병들이 한 상자를 한 병 한 병 마시고 있었다.

그래 봐야 이제 두 병째였지만. 레오는 간신히 비워 낸 병을 던지며 의자를 박차고 바닥을 두드리면서 마구 소리를 쳐댔다. …그러나.

"…저 자식 뭐라는 거냐? 무셔."

"종래에 알려진 언어 중에서는 예티*어에 가까웠는데요."

"설마 우훗우호호 계열의 언어로 유언이라도 읊은 건가? 그럴 수도 있는 거야?"

"유언은 개뿔!"

레오는 테이블을 두드리며 고함을 쳤다. 역시나 통하지 않았지만.

"시치미 떼지 말고 교대해 주세요! 이제 한계! 진짜로 한계라구요!"

"방금 한 말은 번역할 수 있겠냐?"

"모르겠습니다. 야인의 언어에는 문외한이라…."

※예티(Yeti) : 히말라야 산맥에 산다고 전해지는 미확인 생명체(UMA). 이족보행하는 설인의 모습으로 알려짐.

"그렇구만~ 그럼 별수 없지. 일단 묘비에는 방금 들린 대로 새겨 주자고. 으음~ '우호호헤호호 바나나 맛있어'."

"좋아~ 배짱도 두둑하구나, 이 인간 말종들. 진짜로 못 알아듣는다 이거지? 그러면 말한다? 죽기 전에 하고 싶었던 말을 몽땅 쏟아내 주겠어. ××의 ×××가 ××……."

하지만 실제로 부어오른 입에서 흘러나온 것은 정말로 예티에게나 통할 듯한 울음소리뿐이었다.

도저히 공공연하게는 내뱉지 못할 금지어구도 바닥나자 레오는 죽어라 머리를 쥐어뜯다가 눈물을 흘리며 다음 병을 집어 들었다. 세 병째다.

딱히 장난으로 하고 있는 것이 아니었다. 간단히 말하자면 이 열두 병의 강력 타바스코 소스병 안에는 위장된 중화제가 한 병 들어 있었다. 겉모습으로는, 그리고 아마 내용물을 해석해 보아도 거의 판별이 되지 않을 것이다. 헬사렘즈 로트에서 반출할 목적으로 제조된 만큼 지극히 정교했다. 아마 맛으로도 구분이 안 될 것이다. 다시 말해서 이 열두 병 중 단 한 병뿐인 중화제를 복용하려면 전부 다 마시는 수밖에 없다. 때문에 사실상 교대를 하는 것은 불가능했다.

중화제를 먹어야만 하는 이유는 물론 따로 있었다. 문제는

조금 전에 탈취한 생물병기였는데 으음, 기본적으로 인간과 접촉하면 즈루베초게론하고 감염 증식하는 크라이시스적인 거시기였다. 이것은 현재 제드가 들고 있는 여행용 가방 안에 들었다. 원래는 본부로 가지고 가서 전문가의 손에 맡겨 안전하게 처리할 예정이었지만 탈취 도중에 문제가 발생해서 용기에 부착되어 있던 자괴장치의 스위치가 켜지고 말았다. 용기에 붙어 있는 패널에 표시된 남은 시간은 앞으로 5분. 처리반을 부르기에는 늦어 버려서 남은 방법은 중화제를 먹은 인간이 생물병기를 통째로 삼켜 임시적으로 용기가 되는 것뿐이었다. 소화되기 전에 본부로 돌아가기만 하면 파국은 피할 수 있으리라. 실제로 브로커는 아마도 생물병기를 바깥세상으로 반출하는 데 이 방법을 시험해 볼 생각이었을 것이다. 승산은 있다.

세 번째 병을 비운 레오는 그 병을 바닥에 내동댕이치고는 고함을 치며 가슴을 두드렸다.

"하지만! 어째서! 타바스코로! 위장한 건데에에에에!"

"'우훗호호이 팬티는 뒤집어 입어도 괜찮아요'…?"

진지한 표정으로 메모를 하는 재프는 무시하고 네 번째 병을 집어 들었다. 두류를 구사하는 두 사람은 약간 멀리 떨어져서 (멀리 떨어질 이유는 딱히 없었지만) 속 편한 소리를 하고 있었다.

"죄송합니다. 제 아가미는 스코빌 척도*에 좀 민감해서…."

"하지만 백점병이 났을 때는 수조에 캡사이신을 푸는 게 좋다던데?"

"그건 민간요법입니다. 물도 더러워지고요."

딴죽을 걸 포인트는 거기가 아닌 것 같은데.

좌우간 누구에게나 남을 의지할 수 없는 순간이 있기 마련이다. 레오는 떨리는 손으로 네 번째 병의 뚜껑을 열었다. 그리고 병을 입으로….

입으로 가져가고자….

몸은 그렇게 하려 했다. 하지만 점점 의식이 희미해졌다.

"아아… 아아."

끝내 무릎을 꿇은 레오의 손에서 병이 굴러 떨어졌다.

더는 몸이 받아들이질 않았다. 즐거웠던 일, 힘들었던 일, 추억들이 떠올랐다. 신기하게도 배경음악은 딱히 애착이 있는 것도 아닌, '올리브의 목걸이*'였다. 사라져 버리고 싶었던 것일지

※스코빌 척도 : 고추류의 매운 정도를 나타내는 수치.
※올리브의 목걸이(El Bimbo) : 1975년에 폴 모리아가 발표한 곡으로 마술 공연 등의 배경음악으로 자주 쓰임.

도 모르고, 신체를 분리시켜 속을 세면장에서 씻어 내고 싶었던 것일지도 모른다. 그도 아니면 비둘기를 보고 싶었던 것뿐일지도 모른다. 하여튼 레오 본인도 도통 알 수가 없었다.

"야, 뽀글머리! 뽀글 파마라치!"

"레오 군!"

"괜찮은 건가? 정말로 괜찮은 건가?!"

"정신 차리십시오!"

"머리카락 전쟁, 꼬부랑털의 음모(陰毛)!"

"나를 두고 자네만 먼저 가겠다니, 나는 허락 못 하네!"

"레오 군, 한 자릿수 곱셈을 하십시오! 잠들어서는 안 됩니다!"

'아아… 왜 사람들이 이렇게 많이….'

이럴 때는 하다못해 가족들의 얼굴이 보고 싶은데, 어째서 눈에 보이는 것이 음험하게 생긴 쓰레기에, 눈썹은커녕 눈꺼풀도 없는 얼굴, 그리고 기묘한 마스크를 쓴 괴인인 것인지….

"……."

레오는 의식이 몽롱한 상태이기는 했지만 위화감을 느끼지 않을 수 없었다. 쓰러진 레오의 얼굴 위에서 그를 내려다보던 재프와 제드도 슬그머니 끼어든 새로운 얼굴을 보고 입을 헤벌리고 있었다.

　레오도 너무 어이가 없어서 하바네로 타바스코를 과다섭취했다는 사실을 잊을 정도였다. 향신료보다 성가시고 치명적인 헬사렘즈 로트의 위험인물이 자신의 손을 잡고 통곡하고 있었기 때문이다.

　"어렵게 친구가 되었는데 죽어 버리면 어쩌나! 레오나르도 워치! 자네 없이 이 세계를 어떻게 살아가라는 건가. 이 깊은 어둠에 잠긴 우주를 밝힐 수 있는 것은 우정이라는 이름의 등불뿐이건만!"

　통곡하고 있다고 표현하기는 했지만 타락왕 페무토의 표정을 알 수는 없었고, 과장된 동작으로 얼굴을 좌우로 젓고 있는 것뿐이었다. 진짜로 우는 건지 가짜 울음인지를 굳이 구분하자면 척 봐도 가짜 울음 같았지만, 그렇다 해도 도통 이해가 되지 않았다. 이곳에 있는 이유도, 이런 소리를 하는 이유도, 애초에 레오를 알고 있는 이유도.

　"……."

　레오는 우선 재프를 쳐다보았다.

　재프는 너무도 갑작스럽게 긴급사태가 발생하자 진지한 표정으로 굳어 버렸다.

제드는 그나마 냉정해서 거리를 벌리고자 천천히 뒷걸음을 쳤다.

그때, 페무토가 움직였다. 눈 깜짝할 새 제드의 등 뒤로 돌아들었다가 레오의 곁으로 돌아왔다. 그 손에는 여행용 가방이 들려 있었다. 제드가 들고 있던 것이다.

'설마, 이게 목적⋯?!'

가방에는 물론 폭발하기 직전의 생물병기가 들었다. 페무토는 우악스러운 손놀림으로 여행용 가방의 잠금쇠를 풀었다. 안에는 물통 크기 정도의 은색 용기가 들어 있었다.

그것은 레오로 하여금 '데스소스를 열두 병 마시고 난 뒤에 저것까지 다 마시라고?'라는 생각을 하게 할 정도로 커다랬다. 카운트다운을 위한 패널에 표시된 바에 의하면 이제 시간은 3분도 채 남지 않았다.

"이런 것이⋯ 이런 것이 사람의 목숨을 빼앗을 것이라니!"

페무토는 용기를 치켜든 채 소리쳤다.

"대체 생명을 뭐라 생각하는 거야! 모든 생명은 소중한 가능성 그 자체이자 우리 미래의 숨결! 모든 가치의 근원이건만! 그걸, 그렇게 소중한 걸 사람의 어리석음의 결정체가 해할 것이라니⋯ 아니, 아니지! 어리석음이라 단정짓기는 쉽지. 이건 슬

픔이야! 나는! 통곡할 따름이다!"

"………."

우선 재프가 토할 것처럼 혐오감으로 얼굴을 구겼다.

제드도 완전히 식겁해서 더더욱 거리를 벌렸다.

레오는 그 정도까지는 아니었지만 어떻게 반응을 해야 할까 싶어 굳어 있었다. 웃어야 할지, 울어야 할지조차 짐작이 안 되었다.

"슬픔이여, 잘 가거라!"

페무토는 용기를 짓이겼다.

흐물흐물한 고기 같은 것이 파괴된 용기에서 분출되었다. 모종의 생물의 일부이리라. 48시간 동안 이백만 명을 살해하는 것 말고는 아무 짝에도 쓸모가 없는 조직편(組織片)에 감정이 있다면 어떤 소리를 쳤을까. 자유를 느꼈을까. 무시무시한 자유를.

좌우간 페무토의 소맷부리에서 출현한 붉은 뱀이 그 살점을 통째로 삼키더니 용기와 함께 사라져 버렸다.

"이제 됐어…. 이로써 세계는 구원되었다고."

페무토는 만족스럽게 고개를 끄덕이더니 벌떡 일어났다.

그러고는 가게 안을 둘러보며 말했다.

"자, 돌아갈까. 소스가 이렇게나 많으니 피자를 사 가야겠군 그래. 멋진 동료들이 우리가 돌아오기를 기다릴 테고, 오후 업무도 아직 남았으니 말이야."

"…점원이 도망쳐서 말입니다…."

일단 달리 할 말이 없었던 탓인지 제드가 그렇게 답했다.

페무토가 퍼뜩 고개를 들며 충격을 받은 투로 말을 받았다.

"그럼 빈손으로 돌아가자는 말인가? 그럴 수는 없지. 우리 젊은이들은 언제나 남을 배려하는 마음을 잊어서는 안 되네. 확실히 번거롭다, 구태의연하고 쓸데없는 속박은 질색이라는 생각이 들지 않는 것은 아니지. 이해할 수 있어. 하지만 회사란 그런 것이네. 나는 이걸 얼버무림의 성공학이라고 부르고…."

"아니아니, 저기."

레오는 퉁퉁 부은 입과 저릿한 혀를 애써 놀려서 어찌어찌 사람의 말을 내뱉었다.

"아까부터 궁금했는데… 어디로 돌아갈 생각인데요?"

타락왕 페무토는 밝은 미소를 지은 채 단언했다.

"그야 당연히 우리의 근사한 직장인, 사랑의 비밀결사 라이브라지 어디겠는가."

"사랑의…."

세 사람은 막혀 버린 말문을 여는 데 한참이나 애를 먹어야
만 했다.

[그게 대체 무슨 소리야?]

레오는 전화 너머에서 대꾸한 스티븐에게 완전히 같은 심정
으로 말했다.

"죄송해요. 제가 대체 무슨 소릴 하는 걸까요."

[…….]

오히려 그 덕에 전달이 되었는지 스티븐은 천천히 확인을 하
기 시작했다.

[타락왕이 자신을 라이브라의 구성원이라 믿고 있다고? 같
이 있는 건가?]

"지금은 두 분한테 맡겨놓고 저만 자리를 비웠어요."

[자리? 어디 가게에 들어간 건가?]

"아트마트 근처에 있는 오픈 카페에 있어요."

[그렇게 눈에 띄는 곳에?]

"요전까지 타락왕의 차림새를 한 사람들이 종종 보이기도 해
서…. 소란이 벌어지지는 않았어요. 게다가 뭐가 어떻게 될지
모르니 탁 트인 장소에 있는 편이 낫지 않을까 싶더라고요."

[다시 한번 묻겠는데, 타락왕 페무토가 분명한 건가?]

스티븐이 재차 확인을 구하기에 레오는 고개를 끄덕였다. 전화라 보이지는 않겠지만.

"적어도 겉으로 보기에는요. 술법 같은 것도 썼는데, 어지간한 마도사는 상대도 안 될 수준의 것 같아 보였어요."

[자네의 눈에도 말이야?]

"공간을 열어서 생물병기를 없애는 데 영점 몇 초도 안 걸렸다고요."

[타락왕이, 굳이 출현해서 자네를 지명했다고?]

"네. 어떻게 저를 아는 걸까요."

[그 게임이라는 것에 질리도록 어울려 줬으니 타락왕이 라이브라의 모든 구성원을 파악하고 있어도 이상할 건 없지.]

"하지만 지금까지 사람의 얼굴은 거의 구분하지 못했잖아요?"

[그에게는 중요하지 않은 것이었을 테니까.]

"하지만 그랬던 사람이 지금…."

레오는 잠시 입을 다물었다. 점원이 근처를 지나쳤기 때문이다.

어색한 침묵이 흐르는 동안, 점포 안쪽에서 길거리에 위치한 테이블을 훔쳐보았다.

그곳에는 몸짓발짓을 섞어가며 일방적으로 말을 쏟아내는 타락왕과 이 사태를 어떻게 받아들여야 좋을지 몰라 굳은 표정을 짓고 있는 재프와 제드가 있었다.

　"그래그래, 재프 렌프로! 에카테리나는 가망이 없어 보인다 이거지? 하지만 내가 보기에 자네는 착각을 하고 있어. 그녀가 자네에게 관심이 없는 게 아니네. 그녀가 바라는 것을 자네가 모른다는 것이 문제지. 끊임없이 그녀에게 메일을 보내고 전화를 했다고? 그런 건 어프로치가 아니야. 그녀가 목적한 길을 먼저 앞질러 가 있게. 아름다운 에카테리나는 이상적인 누군가와 만나고 싶어 하지. 자네가 바로 그 이상적인 남자가 되어 주는 거야!"

　레오가 소름이 돋은 것은 이야기의 내용 때문이 아니라….

　지난주에 발견해서 맹렬하게 구애를 펼쳐온 여학생의 이름을 재프가 굳이 타락왕에게 말을 했을 리가 없음은 물론이고, 애초에 재프조차도 아직 그녀의 이름을 알아내지 못한 상태였기 때문이었다.

　몸서리가 쳐지려는 것을 참으며 레오는 다시 통화에 의식을 집중했다.

　"인격이 달라졌다는 건 확실해요. 연기를 한다고 하기에는,

뭐라고 해야 할지… 원래의 타락왕과는 근본부터가 다른 것 같고요."

[실패한 논리폭탄의 부작용인가…. 어떻게든 수정해야겠군.]

스티븐은 길지 않은 번민 끝에 말을 이었다.

[어찌되었든 확증이 필요해. 우선 그곳에 있는 것은 진짜 타락왕이 확실한 건가? 그걸 확인해 줘. 30분 이내에 가짜 사무실을 준비하지.]

"그곳을 본부라고 속이자고요?"

[어디까지나 긴급조치일뿐이야. 자네들이 사용하고 있는 출장소라든지… 그런 식으로 둘러대. 주변에 지원 요원도 심어둘 테니 만일의 사태가 벌어지면 망설이지 말고 도망쳐.]

"알겠어요."

[장소가 정해지는 대로 메일을 보내지.]

통화가 끊겼다.

테이블 쪽을 쳐다보았지만 딱히 변화는 없었다. 여전히 타락왕이 턱을 괸 재프에게 일방적으로 말을 하고 있었다.

"에카테리나의 전공은 러시아 문학이지. 하지만 최근 3년 동안 휴학을 했네. 뭐, 대학이 이 도시 어디로 이동했는지 아무도 모르니 무리도 아니지. 그녀가 사랑하는 교수의 행방도 말이

야. 그녀는 지쳐 있고 아르바이트로 생계를 잇는 것도 슬슬 한 계네. 그녀가 마음의 위로를 얻는 것은 교수의 글씨가 적힌 문서를 다시 읽을 때뿐이지…."

여전히 재프는 손도 대지 않은 에스프레소 컵을 손가락으로 튕겨 회전시키며 타락왕의 장광설을 듣는 척할뿐, 아무런 반응도 보이지 않았다.

레오는 멀리서 이야기를 들으며 일단 대략적인 지시 내용을 정리해 재프와 제드에게 메일로 보냈다. 두 사람이 메일이 왔음을 알아채고 슬그머니 휴대전화를 꺼내는 것을 보고 난 뒤에 일동이 있는 테이블로 돌아갔다. 이로써 입을 맞춰 줄 것이다.

가짜 사무실 준비가 끝날 때까지 어떻게 얼버무릴까를 생각할 필요는 없을 듯했다. 타락왕에 의한 에카테리나 공략 지도는 당분간 끝날 것 같지가 않았기 때문이다.

이야기의 내용은 둘째치고 지금 눈앞에 있는 타락왕은 거의 모든 의미에서 타락왕답지 않았다.

'답다'…고 할 정도로 잘 아는 건 아니지만.'

속으로 한숨을 내쉬었다.

하지만 타락왕에 관해서는 조금만 알아도 충분할 것이다. 지극히 단순한 동기로, 배배 꼬인 수단을 사용해서 괴상한 골인

지점을 설정한다. 그런 행동만 골라서 하는 인물이었다. 이해하기 어렵다고 할 수 있을 테고, 이해할 필요가 없다고도 할 수 있었다.

이 괴인이 하는 일은 언제나 이해가 되지 않았다.

이번 일만 해도 그렇다. '평범해지고 싶다'느니 어쩌니 하는 영문 모를 선언을 하더니 768명이나 되는 인간을 반대로 타락왕으로 만들었다.

라이브라는 그 동조를 풀기 위한 대항책을 마련하기 위해 현시점까지 이미 많은 대가를 치렀다.

이미 경찰이 수용하고 있던 가짜 타락왕에 온 도시를 찾아다녀 모은 총 768명을, 경찰과의 뒷거래를 통해 신원을 위장하여 한 시설에 모아 두게 했다. 누군가가 계획을 방해할 가능성을 고려해, 그들을 지키기 위해서다.

논리폭탄은 다른 곳에서 엄중한 방위체제하에 준비되고 있었다. 그러기 위해 전산기와 마도기술자도 고용했다. 여기에는 향후 몇 개월 동안 조직의 재무 상태를 파탄시킬 만한 비용이 들었다.

그럼에도 허가가 떨어진 것은 많은 희생자들을 구하기 위해서만이 아니었다. 이상한 말처럼 들릴지도 모르지만, 라이브

라와 타락왕의 관계는 기묘한 균형을 이루고 있었다. 타락왕과 같이 극단적으로 거대한 힘을 지닌 자는 괜히 이상한 야심을 품기보다는 헬사렘즈 로트의 괴인으로 있어 주는 편이 도시를 유지하는 데 그나마 도움이 되기 때문이다.

하지만 작전의 결과는 참담하기 그지없었다.

폭탄은 기동했다. 그러나 가짜 타락왕들은 인격을 회복하기는커녕 모두 혼수상태에 빠졌다.

의식을 잃은 768명은 그대로 병원으로 보내졌고 가짜 신분과 그렇게 된 원인을 얼버무리기 위해 가공의 대규모 마도 범죄를 날조해 내야만 했다. 존재하지도 않았던 응급환자를 수백 명이나 발생시킨 셈이니 이 사실이 만에 하나라도 폭로되는 날에는, 조직은 협정으로 금지된 대량 유괴, 인체 수집을 저지른 죗값을 치르게 될지도 모른다. 더없이 커다란 실패였다.

그들이 혼수상태에 빠진 이유는 알 수 없다. 논리폭탄에 오류가 있었을 가능성은 있었지만 그것을 해석할 수 있는 의사가 그리 흔한 것도 아닌 데다, 환자의 생명을 남들만큼 귀하게 여기는 마도사는 그보다 더욱 적었다.

적재적소에 맞는 인원도 적은 상황에서 스티븐 일행은 이 오류를 수정할 방법을 모색하고 있었다.

좌우간….

'타락왕을 원래대로 돌려놓으면, 적어도 가짜인 사람들은 혼수상태에서 회복될지도 모르니까.'

멍하니 레오가 생각에 잠겨 있자….

문득 타락왕이 입을 다문 채 테이블 너머에서 레오의 얼굴을 들여다보았다. 엉겁결에 몸을 젖혔다. 그 바람에 테이블에 무릎이 닿았고 그 위에 놓여 있던 유리잔이 세차게 흔들렸다.

레오는 허둥지둥 테이블을 붙잡았다. 페무토가 조용히 물어 왔다.

"고민이라도 있나, 레오나르도 워치?"

"아, 아뇨…."

아무에게도 말하지 않았지만 타락왕을 코앞에서 본 것은 처음이 아니었다.

그리고 이것은 타락왕에게도 밝히지 않은 사실이지만 타락왕의 모습을 거의 완전히 기억하고 있던 레오의 '눈'이, 지금 이곳에 있는 타락왕이 일전에 만났던 그와 동일한, 적어도 모습은 완전히 똑같은 존재라 판단을 내린 상태였다.

타락왕은 흥미롭다는 듯 고개를 갸웃했다.

"흠. 그건 고민이 전혀 없다는 뜻인가? 아니면 딱히 생각나

는 바가 없다는 뜻인가?"

"아뇨, 뭐… 후자이긴 한데요."

"아니. 양쪽 모두 아니군."

타락왕은 빙긋 웃어 보였다.

"고민이 너무 많아서 주체를 못 하겠다. 그러한 것이지?"

"……."

굳이 말하자면 그렇기는 하지만.

페무토는 레오의 답을 기다리지 않고 일어나서 팔을 크게 휘둘렀다.

"그래. 인생은 길고 고민은 끝이 없지!"

"네가 할 소리냐."

재프가 더 참지 못하고 신음하듯 딴죽을 거는 것이 들렸지만.

이야기가 이어지지는 않았다.

소나기가 내릴 것처럼 주변이 어두워졌다.

하지만 하늘에서 떨어진 것은 빗방울이 아니었다. 유리잔 속에 후득후득 자잘한 돌멩이가 떠올랐다. 그것도 길가에 널린 돌멩이가 아니라 콘크리트 조각이었다.

이어서 주먹만한 덩어리가 테이블에 떨어져서 유리잔이 깨졌다.

위를 올려다보니… 대로, 그리고 건물과 건물 사이로, 건물 한 동이 통째로 떨어지고 있었다. 지형 재구성에 오류가 있었는지 한가했던 누군가가 걷어찬 것인지는 모르겠지만 건물 하나가 머리 위에서 낙하하고 있었다.

소리와 함께 밀려드는 공기압이 몸을 움츠리지도 못하게 그들을 짓누르는 것만 같았다. 이럴 때에도 레오의 안구만은 자신의 의지와는 별개로 냉정해서, 건물이 틀림없이 이곳에 떨어지리라는 것을 예견했다. 도망칠 곳이 없다는 사실도.

비명소리가 들려왔다. 거리에서, 어쩌면 근처 어딘가에 있는 창문에서도.

늘 그랬듯이 재프와 제드의 모습은 이미 보이지 않았다.

한편, 타락왕만은 개의치 않고 하품이나 하고 있었다.

"응? 아직 괜찮아. 2초는 있으니 말이야."

말한 대로 그 2초 후에 건물의 모서리 끝이 타락왕의 옆머리를 강타했다.

그렇다는 것은 코앞에 있는 레오도 잠시 후면 찌부러질 것이라는 뜻이었다.

하지만 그렇게 되지 않았다. 문득 붉은 빛이 보이더니. 순간

적으로 건물 속이 보였다. …코앞까지 육박했던 벽면이 찢어졌기 때문이다. 두 동강 났다는 뜻이 아니라 그물코처럼 산산조각이 나듯이 찢어졌다.

재프다. 모습이 보이지 않는다 싶었더니 건물 정면에 서서 피로 된 칼날을 휘두르고 있었다. 수백 줄기나 되는 칼날을 가로, 세로, 대각선으로. 톱보다 깊게, 믹서기의 칼날보다 자잘하게.

당연한 이야기였지만 건물은 단순한 돌덩이가 아니라 철근 콘크리트로 된 상자에 가깝다. 때문에 포인트를 제대로 노리면 비교적 적은 품을 들여 분쇄할 수 있다. 그렇게 땅바닥과 충돌하여 이미 무너지기 시작한 건물을, 벤다기보다는 깎아 나갔다.

그렇게 한들 결국은 절단된 잔해에 묻히면 끝장이다. 하지만 베여 나간 파편은 엉뚱한 방향으로 날아가 더욱 자잘하게 분쇄되어 가루가 되었다. 제드였다. 그는 재프의 칼날이 내뿜는 열기에 바람을 포개어 가속시켰다. 잔해를 더욱 잘게 부수고 밀어내고 쌓아 나갔다. 화염과 바람이 세 사람이 있는 곳에 원룸만큼의 공간을 확보하고자 압도적인 질량과 맞섰다.

처음에는 원룸 넓이 정도였던 공간이 점차 좁아져… 택시 합

승 공간너비가 되고, 전화박스 안만큼 비좁아져도 팔이 움직일 범위를 확보해 가며 세 사람은 모여들었다.

결국 더 이상 베어 날려 버리지도 못하게 되어, 켜켜이 쌓인 콘크리트 조각으로 된 좁디좁은 공간을 재프와 제드의 혈법으로 떠받쳤다. 격렬한 진동이 잦아들자 내부는 정적에 잠겼다.

"그럼."

재프가 중얼거렸다.

"어쩔까."

"말하면 무너질 것 같은데요."

후두둑 떨어지는 파편을 눈으로 좇으며 레오가 말했다.

제드가 엉덩이 아래쪽에서 웅크린 자세로 절망적인 지적을 했다.

"주변에는… 건물 한 채 분량의 콘크리트가 쌓여 있는 거죠?"

살이 닿을 정도로 좁아진 내부 공간은 간신히 유지되고는 있었지만 힘이 바닥나면 그대로 끝장이다. 아니면 산소결핍으로 질식하는 게 먼저일까.

"상황은, 좀 살필 수 있겠냐?"

재프가 묻자 레오는 벽에 얼굴을 들이댔다.

"틈새가 있으면 거길 통해서….”

"조심해.”

몸을 움직인 탓에 또 파편이 약간 흘러내렸다.

어찌어찌 목만 뻗던 중, 알아챘다. 희미하게나마 빛이 들이치는 부분이 있었다. 어쩌면 나갈 수 있을지도 모른다. 희망을 걸고 바싹 얼굴을 들이대던 중….

쏘옥. 그 장소에 구멍이 뚫렸다. 게다가 누군가가 그곳을 통해 이쪽을 들여다보았다.

타락왕이었다.

"……?”

구멍 때문에 형태가 무너져 콘크리트 조각으로 된 돔이 단숨에 내려앉았다.

하얀 먼지투성이가 된 세 사람의 주변에 쌓인 잔해의 두께는 끽해야 몇 센티미터밖에 되지 않았다. 그 주변에 마땅히 있어야 할 수천 톤의 잔해도 찾아볼 수가 없었다.

도로는 물론이고 주변에 위치한 건물에도 흠집 하나 나지 않았다. 아니, 재프와 제드가 베어 무너뜨린 것만 해도 건물 한 층 분량은 되었을 텐데, 환영처럼 사라져 버렸다.

페무토는 어깨를 으쓱하더니 손에 들고 있던 네모난 것을 던졌다. 아무리 봐도 압축된 그 건물처럼 보였다.

"2초 가지고는 세련되게 일을 처리하기가 힘들군. 평범하게 줄여 버렸지 뭐야."

"보통은 안 줄어드는데요…."

레오가 힘없이 투덜댔다. 언제 건물을 줄여 버린 것일까? 세 사람이 필사적으로 건물을 베고 있을 때? 아니면 그 후? 주변 도로에는 흠집 하나 없는데? 명백하게 사실이 모순되고 있는데도 어떻게 의문을 제기해야 할지조차 감이 오질 않았다.

타락왕은 태연했지만 그 등 뒤에는 어리둥절한 표정의 사람들이 수십 명이나 늘어서 있었다. …방금 전만 해도 이 길과 카페에는 사람들이 저만큼 많지 않았을 텐데. 건물 안에 있던 사람들이리라. 그들을 아무렇지도 않게 구해 낸 것이다.

인간이 할 수 있는 일이 아닌 수준조차 아니라, 그야말로 어안이 벙벙해질 정도다.

무슨 일이 일어난 것인지 그 즉시 이해한 사람은 없었다. 레오도 마찬가지였다. 시간이 한참 흐르고서야….

목숨을 건진 사람들과 구경꾼들에게서, 와아! 하고 환호성이 터져 나왔다. 그대로 있었다면 모두 다 죽었을 테지만 보아하니 피해를 입은 사람은 없는 듯했다.

타락왕은 몸을 빙글빙글 돌리며 그 목소리에 답했다.

"이런이런, 왜 이렇게들 호들갑인가."

"타락왕! 타락왕!"

"타락왕이! 구해…? 줬어?"

"타락왕이? 하지만, 타락왕인데?"

"그럴 수도 있는 거야? 뭔가 잘못된 건 아니고? 목숨을 구해주는 척하고 날 갓난아이를 잡아먹는 머신으로 만든 건 아니고? 정말로? 그 비슷한 게 된 것도 아니야?"

"……."

저마다 온 힘을 다해 의심 어린 말을 하자 페무토는 약간 납득이 안 가는 모양이었다.

"무슨 소린가. 이럴 때 사람을 구하는 것이 바로 정의의 사도인 것을. 그것이 좋은 사회이고말고. 안 그런가? 그러니 언제든 우릴 의지해 주도록. 사랑의 비밀결사라…."

"우랴아아!"

반사 신경이 작동한 것인지 재프가 타락왕을 등 뒤에서 걷어차서 침묵시켰다.

실제로 반사적으로 한 일이리라. 조금이라도 생각을 했다면 감히 이렇게 무모한 짓을 하지는 못했을 테니. 무려 단신으로 타락왕에게 덤벼든 셈이니 말이다.

레오는 얼어붙었다. 인격이 바뀐 것처럼 보이기는 했지만 아무런 확증도 없었기 때문이다. 타락왕에게 아주 조금이라도 본성이 남아 있다면 무슨 일이 벌어질까.

하지만 타락왕은 쉽게 기절해 버렸다. 축 늘어진 페무토를 부축 중인 재프 본인도 전율하고 있었다. 레오도 심정은 이해했다. …아니, 재프야말로 레오와 같은 생각을 하고 소름이 돋았을 것이다. 무슨 일이 일어날 수 있었을까. 아무 것도 모른 채 이형의 무언가로 변모했을지도 모를 일이고, 단순히 목을 잡아 뽑혔을지도 모른다. 무슨 일이 일어나도 이상할 것이 없었다.

그럼에도 아무 일도 일어나지 않았다. 아마 타락왕은, 설마 동료에게 얻어맞고 쓰러지리라고는 정말로 생각지 못했던 것이리라.

'그게 제일 소름돋아….'

변할 리가 없다고 생각했던 것이 변했음을 알게 된 순간이었다.

재프도 얼굴이 파랗게 질려 소름이 돋은 채 굳어 있다가는…. 겨우 마음을 다잡고 또다시 눈을 휘둥그렇게 뜬 채 멍하니

있는 청중들을 곁눈질하며 페무토를 질질 끌고 쏜살처럼 달려 나갔다.

레오와 제드도 그 뒤를 따랐다. 너무도 영문을 알 수 없는 일이 연달아 일어난 탓인지 아무도 쫓아오지 않았다.

"으음… 주기3… 서스펜스… 잭 니콜슨… 점근 거동….”

소파에 눕히자 정신을 잃은 채 가위가 눌린 것인지 꿈을 꾸는 것인지, 계속해서 중얼대는 타락왕을 내려다보며.

재프가 웅얼거렸다.

"이거, 잠꼬대인가?”

"개주기(槪週期) 진동… 아무 것도 배울 게 없는 항등식… 프로페서 웨더… 화살오징어의 거대 신경돌기….”

라이브라는 예고했던 대로 그로부터 30분 이내에 임시 출장소를 준비해 주었다.

멈춰 서면 또 무슨 감당 못 할 일이 일어나지 않을까 싶어 쉬지 않고 달려, 때려죽여도 더는 못 움직인다는 생각이 들던 타이밍이었다. 레오, 재프, 제드 세 사람은 뒤도 안 돌아보고 그곳으로 뛰어 들어갔다.

이제 좀 살겠다 싶어 실내를 관찰해 보니, 사무실이라기에는 상당히 살풍경한 곳이었다. 네 사람 몫의 책상과 의자, 고정 전화 한 대, LED 스탠드에 클립통이 놓여 있었다. 그리고 지금 타락왕이 누워 있는 소파가 다였다. 벽에는 서류용 캐비닛이 있었지만 안은 텅텅 비었다. 애초에 이 사무실이 있는 복합 빌딩 자체가 무인 상태에 가까웠다. 1층과 2층은 주차장, 그 위는 임대 사무소였지만 3층에는 레오 일행이 있는 이 방을 제외하면 옆에 한가해 보이는 치과가 있을 뿐, 전부 공실이었다. 아마도 그 의사라는 작자도 카메라와 도청기를 갖춘 라이브라의 직원일 것이다.

부자연스럽기는 했지만 비밀결사의 사무실이라 생각하니 한편으로는 납득이 갔다. 물론 무슨 일이 발생할 경우에 대비해 사람이 없는 장소를 택했다는 이유도 있을 것이다.

레오는 스마트폰을 조작하며 한숨을 내쉬었다.

"아~ 역시 아까 그 소동의 소문이 좀 퍼졌네요."

헬사렘즈 로트와 관련된 인터넷 영상은, 마치 암흑가의 속사정처럼 일반적으로 바깥세상과는 차단되어 있었다. 때문에 이 도시 주민들 사이에서만 정보가 공유되는 환경에서 해프닝 동영상을 공유하는 것은 매우 난센스한 일이라 할 수 있었지만, 그럼에도 SNS에 게시글이 폭주하는 양상은 의외로 바깥세상과

큰 차이가 없었다.

"타락왕이 인명구조까지 했다고 소문이 나서 꽤 소란스러워진 것 같아요."

"영상까지 찍은 녀석은 없었잖아? 그럼 헛소문이란 식으로 끝나지 않을까."

수상쩍어 보이는 에어컨을 가동시키기를 포기하고 창문을 열며 재프가 답했다. 열린 창문에서 30센티미터도 떨어지지 않은 곳에 옆건물의 벽이 있었다.

그가 혀를 차며 창문을 닫는 동안 레오는 눈에 띄는 게시글을 둘러보았다.

"하지만 건물이 낙하하는 거랑 그게 사라지는 모습은 멀리서 찍은 사람이 있는 모양이에요. 목격자도 많았을 테고요."

"라이브라의 이름이 나오지 않은 게 어디야."

일단은 재프의 공이었지만 말 나온 김에 자랑을 할 기력까지는 남아 있지 않은 듯했다.

"비간섭 그리드! 비간섭!"

기절한 타락왕만 팔팔했다.

"지미니… 지미니 정수를! 으음… 아아, 그래, 그쪽이라도 상관없어."

얼마간 그를 내려다보던 레오가 말했다.

"곰곰이 생각해 보니, 좀 전에만 두 번이나 목숨을 구해 줬네요."

"……."

재프와 제드의 반응이 시원찮기에 레오는 덧붙여 말했다.

"이 사람이 없었다면 우린 죽었을 거라고요. 우리뿐만 아니라 그 자리에 있던 사람들까지 전부. 아니, 그것보다 훨씬 많은 사람들이 죽었을지도 모르죠."

그렇게 말을 늘어놓아도 두 사람의 표정은 변함이 없었다. 레오에게는 익숙한 얼굴이기도 했다. 마음 약해 보이는 청년이 길을 묻기에 가르쳐 준 레오가 몇 번이나 감사 인사를 받고 헤어진 뒤에 "이거 네 거지?"라고 말하며 소매치기에게서 되찾은 지갑을 던져올 때의 얼굴이다. 또한 오래된 리얼리티 쇼의 재방송을 보다가 "방금 우승한 애, 고생 많이 했네요. 지금은 뭘 하고 있을까요."라고 말했더니 "그거 프로듀서 딸내미야. 약 빨다 체포돼서 신상 다 털렸다던데."라고 곧장 대꾸하던 때의 얼굴이다. 그리고 "이거, 체인 씨가 재프 씨한테 주는 병문한 선물이라던데요."라고 하며 케이크가 든 바구니를 병실로 가져갔을 때 보였던 얼굴이다.

평소와는 달리 악의가 담겨 있지 않았다. 그런 만큼 가슴에 와서 콱 박혔다. 재프는 그런 얼굴로 머리를 긁적였다.

"…우연은 아니겠지이."

"노리기라도 한 듯 건물이 떨어진 건, 아무리 생각해도 좀…."

제드도 같은 의견인 듯했다.

하지만 레오는 계속해서 반박했다.

"뭐 하러 그랬을까요?"

"난들 아냐. 애초에 이 녀석이 벌인 일이 이해가 된 적이 없는데."

"레오 군, 설마… 저 사람을 믿고 싶은 겁니까?"

새삼 그렇게 물으니.

"…아니…."

할 말이 없었다.

그때.

타락왕이 갑자기 상체를 수직으로 일으키며 외쳤다.

"하나 배웠네! 그런 것이었어!"

그러고는 지금까지 이루어진 대화에 원래부터 참여하고 있었던 듯 자연스럽게 재프에게 고개를 돌렸다.

"요컨대 우리는 사랑하는 비밀결사를 당당히 어필해서는 안 되는 것이로군."

타락왕에게는 자연스러울지 몰라도 주변 사람들에게는 그렇지가 않았다. 그럼에도 재프는 뚱한 눈으로 답했다.

"괜히 비밀 결사겠냐. 상식적으로 생각을 해 봐라."

"상식 같은 걸 몰라서 말이지."

"그게 자랑이냐."

아무도 납득하지 못한 가운데 페무토만 혼자서 연신 고개를 끄덕였다.

"좌우간 그렇게 하도록 하지. 왜냐하면 그게 평범한 것일 테니까. 앞으로는 익명으로 사람을 돕도록 하겠네."

"아니, 네 이름이랑 얼굴은 모르는 사람이 없거든? 그리고 우리는 딱히 사람을 돕는 일을 하는 조직이 아냐."

"엑……."

타락왕은 한참 시간을 들여 놀란 시늉을 했다.

"다른 사람을 돕지 않는 사람도 있나?"

"진짜로 뭔 소릴 하는 건데?"

"왜, 그게 보통 아닌가?"

시종일관 거짓말을 하거나 농담을 하는 투가 아니었다.

"도움이 필요한 사람이 있으면 손을 내밀어야지. 아무리 사

소한 고민이라 해도 말이네. 제드 오브라이언. 뭣하면 자네의 물고기 얼굴도 고쳐 줄까?"

"네?"

느닷없이 말을 걸기에 제드가 굳어 버렸다. 그대로 멍하니 타락왕을 바라본 채 말을 잇지 못했다.

"이것 보셔."

"아니, 그 전에."

그렇게 반박하려던 재프를 옆에서 제지한 것은 당사자인 제드였다. 그는 타락왕에게 말했다.

"당신은 라이브라의 일원이라고 주장하고 계십니다만, 심사도 받지 않으셨잖습니까."

"심사?"

그렇게 되물은 재프의 신발을 제드가 보이지 않게끔(레오에게는 보였지만) 발끝으로 꾹 밟자 대충 눈치를 챈 모양이었다. 제드가 즉흥적으로 지어낸 말이다.

하지만 확실히 나쁘지 않은 방법 같았다. 타락왕을 심문하는 데 전념할 수 있는 화제니.

"그런 것이? 멋지군! 아름다운 마음을 논할 기회는 많을수록 좋고말고."

당사자인 타락왕도 마음에 들어 하는 분위기였다.

제드는 막힘없이 말을 이었다.

"우선 간단한 면접부터 보죠."

"과연!"

페무토는 말 떨어지기 무섭게 방에 있던 책상을 눈 깜짝할 새에 구석에 쌓아올리더니 소파를 중앙에 놓고 자신이 앉을 사무용 의자 중 하나를 끌어다 맞은편에 놓았다. 그러고는 의자 옆에 허리를 쭉 펴고 서서 부동자세를 취했다.

"으…음~"

어째 끌려가는 모양새로 재프와 제드가 소파에 나란히 앉았다. 아무리 봐도 남자 셋이 앉기에는 좁아 보여서 레오는 옆에 섰지만.

"잘 부탁드립니다!"

용수철 장치 장난감처럼 세차게 인사를 하더니 페무토도 자리에 앉았다.

에~ 어흠. 제드가 면접을 진행하려 했다.

"그럼 우선은 지망동기를."

"네! 사소한 일부터 시작해서 꾸준히 사회를 개선할 비전을 찾다 보니 자연스럽게 귀사를 만나게 되었습니다. 귀사는 저의

이상적인 직장입니다!"

"당신이 본사에서 할 수 있는 일은 무엇입니까?"

"열심히 하는 것입니다!"

"구체적인 특기는?"

"마도과학 전반입니다!"

"그건 기본적으로 범죄행위 아닙니까?"

"하핫. 농담도. 세계의 경계를 넘나드는 것이 위험시되었던 것은 대략 18세기 이전의 일입니다. 지금은 해저에서도 기름을 채취하고 위성을 쏘아 올리고, 여행자는 전염병을 마구 퍼뜨려대고 있죠. 그리고 단순한 스크립트로 월가는 연금술을 실현해 냈습니다. 세계는 쉴 새 없이 모습을 바꾸고 있습니다. 오히려 무지함으로 세계를 보는 시야를 좁게 하는 것이야말로 협량한 개악(改惡)이 아닐지요?"

"하지만 법의 눈을 피해 아이들을 산 제물로 바치거나 숲속에서 독을 혼합하거나 하는 건…."

"현대의 모든 제조업에 해당되는 이야기지요, 그건."

"마도를 시작하게 된 계기는?"

"딱히 없습니다. 취미라고나 할까요."

"즐겁습니까?"

"비교적으로 그렇죠. 다른 대부분의 일은 질려 버렸지만, 마도의 길은 끝이 없습니다."

"그리고… 또."

제드가 생각에 잠기자 옆에서 재프가 팔꿈치로 쿡 찔렀다. 그리고 그대로 끌어당겨 작은 목소리로 물었다.

"그런 걸 어느 세월에 다 물으려고 그래."

"그럼 어쩌란 말입니까."

"평범한 직업과는 다르니까 좀 더 중요한 걸 단번에 물으면 되잖아."

"그럼 어디 해 보시죠."

"오냐."

재프는 천천히 정면으로 고개를 돌렸다.

그리고 얼굴 앞에서 손깍지를 끼고서 차분한 표정을 짓더니.

그대로 두 손을 비비며 비굴한 투로 말했다.

"그래서, 에카테리나가 홀랑 넘어올 대사는?"

"신경이 쓰이기는 했던 겁니까?"

레오다 참지 못하고 딴죽을 걸었다.

"에카테리나가 누굽니까?" 의아한 투로 그렇게 묻는 타락왕은 일단 내버려 두고, 일동은 다시 작은 목소리로 밀담에 돌입

했다.

"이건 꽤 중요한 상황이잖아요. 우린 지금, 타락왕을 인터뷰하고 있는 거라고요."

"…생각해 보니 역사적인 순간일지도 모르겠군요."

"그런가아~?"

"좀 더 함께 행동하며 상황을 살피는 게 좋을 것 같은데요."

"뭐, 그래야 할 분위기이기는 했지."

방향성이 정해지자 레오는 고개를 끄덕였다.

그리고 심호흡을 한 번 하고서 고개를 들었다.

"심사는 계속해 봐야겠지만, 일단은 인턴으로 채용하기로 하죠."

"오오!"

타락왕은 감격해서 자리에서 일어났다.

"감사합니다! 성심성의껏 열심히 하겠습니다!"

"그럼 입단 의식을…."

레오는 재프를 보고 그렇게 덧붙여 말했다.

"…엉?"

재프가 멍한 표정을 짓자 레오도 고개를 갸웃했다.

"아니, 왜. 저는 잘 모르지만. 뭐가 됐든 그런 게 있을 것 아니에요."

"뭔 소리야."

"왜, 옛날부터 몬스터를 퇴치해 온 비밀 조직이잖아요. 지네 같은 걸 통째로 삼킨다거나 홀딱 벗고서 방 안의 불을 다 끈 채 막대기를 든 동료들한테 얻어맞는다거나, 그런 오컬트스러운 거 말이에요."

"너 지금까지 우릴 그런 이미지로 보고 있었냐?"

"그러고서 손목에 전갈 문신을 새기는 거죠."

"그딴 거 새긴 걸 본 적은 있고?"

그런 말을 주고받던 중.

"어라?"

가장 먼저 알아챈 것은 제드였다.

타락왕이 없었다. 의자만 있었다. 체온도 아직 식지 않았을 듯한 짧은 순간에 페무토의 모습이 사라졌다.

혹시나 싶어서 스마트폰을 꺼냈다. 검색해 보니 금방 결과가 나왔다.

"22초 전. '타락왕이 폭주 트럭에게서 남편을 구해 줬어! 무슨 일이 일어난 거야?'"

"장소는?"

"도시 반대편이요."

갱신할 때마다 계속 새로운 결과가 표시되었다.

의문의 다면 광관체(光管體)가 습격해 왔는데 타락왕이 지켜 줬다….

강철 캥거루 떼가 닥치는 대로 차량을 박살내며 행진 중인 참에 타락왕이 교통정리를 해 주었다….

서쪽 하늘에서 빛에 휩싸인 슈크림이 떨어졌는데 자세히 보니 몸을 둥그렇게 만 타락왕이었다….

소란에 편승한 의미를 알 수 없는 정보가 섞여 있기는 했지만 아무래도 타락왕이 온 도시를 돌아다니며 문제를 해결하고 있는 듯했다.

"…사람이 이렇게까지 바뀔 수 있는 걸까요."

타락왕은 한 번 게임을 시작했다 하면 수백, 수천의 희생자를 내왔건만. 도시 주민들은 그 사실을 넌더리가 나도록 잘 알고 있었다.

그런 자가 사람을 돕는 일을 하고 있다 한들 선뜻 믿을 사람은 아무도 없을 것이다. 하지만 무지막지한 속도로 그런 일을 하고 있었다. 아직 몇 분밖에 지나지 않았는데 게시글이 수백 건으로 불어났다. 레오의 눈이라면 동체시력을 응용해서 속독도 할 수 있었지만 표시되는 속도를 따라잡을 수가 없을 정도였다.

"으악."

눈의 부하 때문이 아니라 뇌 쪽이 정보과다로 부하가 걸려, 현기증이 났다.

"뭐야, 이 속도는. 배달하고 다니는 놈들은 상대도 안 되겠구만."

재프 일행도 검색을 해 보고는 어이가 없다는 투로 말했다.

"그나저나 이거, 동시에 몇 군데에 있는 것 같지 않아요?"

"텔레포트를 마구 해 대는 녀석한테 그런 상식이 통하겠냐?"

재프는 적당히 대꾸한 것뿐이었지만.

제드는 진지한 얼굴로 사형을 바라보며 말했다.

"뭐, 양자적으로는 아귀가 맞을지도 모르겠군요…."

"양자적으로…."

"응?"

나직한 목소리로 레오가 중얼거리자 두 사람이 이목이 집중되었다. 레오는 말을 이었다.

"전에 스티븐 씨가, 그 비슷한 소리를 했었죠?"

"아, 어엉."

"이거, 정말로 타락왕이 잔뜩 있는 거 아닐까요?"

"……."

침묵이 흐른 것은 세 사람의 단말기가 동시에 메일을 수신했기 때문이다.

그 순간, 분명 그 자리에 있던 모두가 불길한 예감에 사로잡혔을 것이다.

시선을 교환하고서 메일을 보았다. 스티븐이 보낸 단체 메일이었다.

내용은 이러했다.

「…병원에서 768명의 가짜 타락왕이 사라졌다.」

이곳에 있던 페무토가 어떻게 되었는지 보고를 듣고 싶어 했다.

또다시 눈짓을 주고받고서 행동을 개시했다. 제드가 전화로 상황을 보고하기 시작했고 재프와 레오는 그 즉시 방을 나섰다.

옆방인 치과도 소란스러운 것을 보니 정보부 쪽에 연락을 취하고 있는 듯했다. 그것을 지나쳐서 계단으로 갔다. 엘리베이터를 기다리는 시간도 아까워서 계단을 뛰어 올라 옥상으로 향했다.

낡은 건물이지만 높이는 주변 건물보다 높았다. 옥상에서 둘러보니 온 도시에 난리가 났음을 금방 알 수 있었다.

하늘이 불타고 있다. 저쪽에 운석이 떨어지는가 하면 반대쪽에서는 거대한 메뚜기가 떼를 이루어 건물을 습격하고 있었다. 하수도에서 반투명한 젤 상태의 무언가가 길에 흘러넘쳤고, 그것을 되밀어내고자 인근 공사 현장에서 불도저가 몇 대나 쇄도하고 있었다.

중기기는 그 걸쭉한 것에 닿자마자 녹아내렸다. 흙과 생물은 녹지 않는지 중기기의 운전수들이 알몸으로 점액에 빠져 있었다. 덤으로 노폐물이 깎여 나가는 바람에 묘하게 반들반들해진 다부진 남자들은 개운한 탓인지 갈수록 표정이 풀어졌다. 최종적으로는 동료들을 잔뜩 불러다가 이걸로 장사할 방법이 없을까, 라는 이야기를 하던 참에 타락왕이 상공에 출현했다. 구해주려는 건가 했더니 끈적한 생물과 남자들을 손가락질하며 박장대소를 했다.

하지만 금방 웃음을 거둬들이고서 손을 확 뒤집자 끈적한 생물이 흔적도 없이 사라졌다.

그리고 타락왕은 떠나갔다. 장사를 해 보려던 남자들의 꿈도 좌절되었다.

"지금 그거 봤어요?"

레오가 묻자 재프는 침통한 표정으로 고개를 끄덕였다.

"보고 싶지는 않았지만…."

"아니, 그거 말고. 타락왕이요. 역시 이상해요."

"사건의 빈도도 이상한데. 아무리 이 도시가 불야성이라도 그렇지, 축제가 열려도 이것보다는 조용하겠다."

"아무래도 예감이 적중한 것 같습니다."

제드도 두 사람을 쫓아 옥상으로 올라와서는 스마트폰을 집어넣으며 말했다.

"타락왕이 온 도시에 출현한 모양입니다."

"이 소란은?"

"그들이 저마다 멋대로 행동하며 돌아다니고 있는 것 같습니다. 사건을 일으키는 타락왕도 있고, 문제를 해결하는 타락왕도 있는 모양이더군요."

"그들이라는 건, 그 가짜 녀석들 말하는 거지?"

재프가 따져 묻자 제드는 고개를 가로저었다. 하지만 곧장 생각을 고쳤는지 이내 고개를 끄덕였다.

"그렇다고도, 아니라고도 할 수 있겠군요. 분명 문제의 768명이 맞기는 합니다만, 겉모습은 물론이고 능력까지 구분이 안 가게 되었습니다."

"뭔 소리야."

"부작용이겠죠. 동조 시스템이 손상돼서 인격, 능력, 신체까지 모두 동일화되었다는 가설이 유력합니다."

"그렇게 간단히 늘어날 수도 있어?"

재프가 머리를 감싸쥐자 제드는 냉정함을 유지한 채 설명을 이어갔다.

"아뇨. 오히려 무시무시한 부하가 걸린 상태일 겁니다. 특히 가장 약한… 인격면에."

"그러면, 역시 제정신이 아니란 소리잖아요."

"768명의 인격으로 희석된 것이나 다름없는 상태니까요. 어떻게 보면 타락왕이 처음에 주장했던 평균화, 범인(凡人)화가 이루어졌다고 할 수도 있겠지만…."

이야기를 하다 보니 꽝음이 땅을 흔들었다.

건물이 통째로 무너질 수도 있겠다 싶은 충격이었다. 소리가 들린 쪽으로 고개를 돌려 보니 메뚜기가 갉아먹던 아파트에 팔다리가 돋아나서 일어나, 거대 곤충들에게 반격을 하고 있었다.

"우와앗…!"

레오는 균형을 잃고 비틀댔다.

거기서 그쳤다면 좋았겠지만 정말로 기둥이라도 무너진 것인

지 낡은 건물은 균형을 되찾지 못했다. 앞으로 균형이 쏠려 난간에서 떨어지려던 참에….

재프가 목덜미를 붙잡아 멈춰 주었다.

"저게 평범한 사람이 할 짓이냐."

혀를 차며 재프가 투덜댔다.

제드가 답했다.

"혼란 상태에 빠진 거겠죠. 게다가 저것도 일종의 선의일지도 모릅니다."

"선의?"

"자신이 뿌린 씨앗은 자신이 거둔다. 규모가 크건 작건 누구나 일상적으로 하고 있는 일이죠."

그러고는 목소리 톤을 바꾸어 말을 이었다.

"어쨌든 이대로 가면 과도한 부하로 지금 타락왕이 된 모든 사람들의 인격이 발현될 겁니다. 아마 마지막에는 한 사람만 남겠지만, 그게 본래의 타락왕일 가능성은 단순히 말하자면 769분의 1이고요."

"…그럼 좀 성격이 무난해지지 않을까?"

"당초에 우려했던 것처럼 어딘가에 있는 악당이 힘을 가로채는 것도 아니고요."

"그치?"

"그보다 훨씬 상황이 안 좋아질 겁니다. 악행은 막으면 그만입니다만 평범한 사람이 타락왕의 힘을 손에 넣게 되면, 그 사람은 무슨 짓을 할까요? 아마 우리가 지금 보고 있는 게 바로 그거일 겁니다."

제드는 주변을 가리키며 말했다.

혼란, 파괴… 그것 자체는 이 도시에서 큰 문제가 아니었다.

"분명 남을 위해 힘을 쓰려 할 겁니다. 남을 위한답시고 일을 더 복잡하게 만들겠죠. 이대로 내일 정도까지 내버려 두면 타락왕은 도시의 영웅이 되어 있을 겁니다. 많은 사람들이 그를 따르게 되면, 타락왕은 그 지지자들을 지키기 위해 무슨 짓을 하려들까요."

레오의 머릿속에 문득 개미집 상자가 떠올랐다. 사람이 그것을 손에 넣으면 어떤 짓을 할까. 절대로 흔들지 않고 있을 수 있을까. 뚜껑을 열어 손을 대지 않겠다는 약속을 지킬 수 있을까.

어떻게 보면, 지극히 한정적인 의미에서 그 약속을 지켜 온 것이 바로 본래의 타락왕이었다.

제드는 손가락 하나를 세워 보이며 요점을 말하기 시작했다.

"해서, 이상을 근거로 본부에서 내려온 지시를 말씀드리자면."

"잠깐."

재프가 제지했다.

레오를 잡고 있던 손을 떼고 제드에게 바짝 다가섰다. 저항해 봐야 소용없다는 것을 모르지는 않을 테지만 트집이라도 잡지 않고서는 배길 수가 없는 것이리라.

"듣고 싶지 않은 이야기일 것 같은데."

하지만 제드는 개의치 않고 말을 이었다.

"'요령껏 잘 해 봐라'라고 합니다."

"이 인간들이이이이!"

"아니, 방금 한 말은 어레인지를 가한 겁니다. 본부도 대책을 세우지 않은 건 아닙니다. 오류가 파악되어서 수정을 위한 소규모 논리폭탄을 새로 구축하겠다더군요. 이를 통해 페무토를 정상화시키고 다른 사람들도 원래대로 되돌리는 거죠. 우리의 역할은 그게 완성될 때까지 표적인 타락왕 본체를 발견해서 확보하는 겁니다."

"…무슨 수로."

"그 부분을 잘 해 보라는 것이죠."

"결국 그게 핵심이잖아! 그럴 줄 알았어!"

재프는 발을 동동 구르다가 네 번 정도 만에 동작을 멈췄다. 몸이 부들부들 떨리는 것을, 이를 악물어 얼마간 억눌렀다.

"남은 시간이 얼마나 되는데."

"논리폭탄은 두 시간 후에 재기폭할 예정입니다."

"뭔가를 해내기에는 짧고 살아남기에는 길어. 여전히 시간 참 빡빡하게 잡는구만."

주먹을 맞부딪히고 나니 몸의 떨림이 멈췄다. 재프는 레오에게 물었다.

"눈은 좀 어떠냐?"

"해 볼게요."

레오는 시험 삼아 먼 곳을 응시해 보았다. 아파트 위에 떠 버티고 서서 그것을 조종하고 있는 타락왕에게 의안의 시력을 집중시켰다.

금방 변화가 생기지는 않았다. 하지만 계속 주시하다 보니 그 윤곽이 흐려졌다. 그곳에 있는 것은 타락왕과는 하나도 닮지 않은 중년 남자였다.

레오는 깊은 한숨을 내쉬었다.

"어찌어찌 간파할 수는 있을 것 같네요. 하지만 몇 백 명을

일일이 보기는 힘들 것 같은데요."

"어찌 되었든 닥치는 대로 찾아다닐 수는 없는 노릇이고."

"유인해 낼 방법을 생각해 봐야겠군요."

제드의 말에 일동이 침묵했다.

생각하는 동안에도 시간은 흘렀다. 3분이 지나자 아파트는 메뚜기를 격퇴했고, 타락왕은 목숨을 건진 주민들의 박수를 받으며 다음 현장으로 떠나갔다. 그리고 다시 자신이 일으킨 문제를 직접 해결했다.

그것이 평범한 사람이 된 페무토가 하고 있는 일이었다.

레오는 무심결에 한숨을 내쉬었다.

신기하게도 세 사람이 동시에 작전을 생각해 냈다.

본부에 확인을 구하고서, 남은 시간인 1시간 47분으로 타이머를 맞췄다.

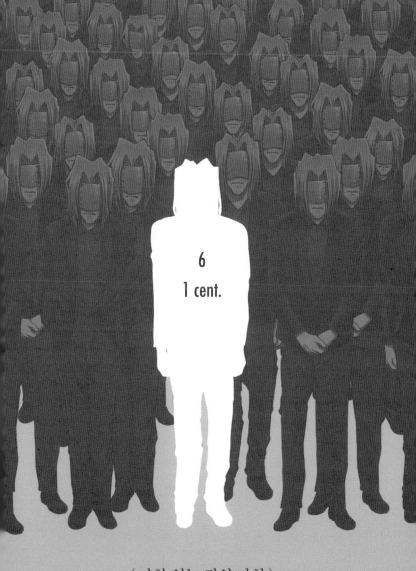

6
1 cent.

(가치 없는 것의 가치)

GOOD AS GOOD MAN

제한 시간까지 30분.

"하~앗하하하! 헬사렘즈 로트에 사는 제군! 안녕하신가. 오늘도 심심한 나날을 보내고 있을 테지?"

혼돈의 도시 헬사렘즈 로트에 내려선 타락왕은 광장 한복판에서 더더욱 소리를 높여 말했다.

"오늘도 게임을 시작해 보지! 큰 희생을 치르며 기어 다녀보시게. 이번에는 이거네. 다들 가지고 있겠지? 그래. 이런 아저씨의 옆얼굴을 양산하다니, 자네들도 어지간히 정신이 나갔군. 그렇게 소중하다면 이것의 가치를 자알~ 생각해 보시게….

그렇게 1센트 동전을 손에 든 채 사람들을 조롱하는 타락왕의 얼굴은 현실의 것이 아니었다.

레오가 끌어안고 있는 노트북으로 재생한 과거의 동영상이었다. 노트북 자체는 딱히 특별한 것이 아니었지만 라이브라 본부에서 가지고 나온 것이라, 오퍼레이터가 세팅한 해킹 툴이 들어 있다. 지금 그 툴이 TV와 WEB 방송국의 영상을 이 동영상으로 교체시키고 있었다. 평소 타락왕 본인이 하는 것만큼

철저하지는 않았지만 상당한 화면을 점령하고 있었다.

사람을 물린 조용한 광장에서 레오는 나무그늘 아래 앉아 시계를 확인했다.

"올까요?"

"그런 걱정은 완전히 실패하고 난 다음에나 해."

근처 나무에 기대어 있던 재프가 답했다.

레오는 잠시 생각하다가 대꾸했다.

"실패를 하기 전에 해야 하는 것 아닌가요?"

"그런 뜻 아냐. 실패하지 말란 뜻이지."

"……."

알 듯 말 듯했지만, 완전히 이해가 안 가는 것은 아니고 그럭저럭 이해가 되는 것 같은 말이었다. 그런 것이 재프라는 인물이 아닐까 싶었다.

어쨌든 레오는 시계를 확인했다. 제한 시간까지 29분.

도시의 혼란도 아주 조금 거리를 두고 보니 꼭 남의 일처럼 느껴졌다. 배터리 파크의 차분한 나무그늘은 붕괴 이전부터 그런 장소였으리라. 일찍이 이 땅은 사람들이 정한 경계의 상징이었다. 지금은 더욱 결정적인 결계에 면한 임해 공원이 되어 있다.

상쾌한 바닷바람은 자취를 감춘 지 오래다. 헬사렘즈 로트의 바다는 커다란 허무함을 내포한, 상식을 초월하는 벽이다. 벽을 뛰어넘기 전에 우선 시험 삼아 모자를 건너편으로 던져 보려 한들 그 모자조차 벽을 넘지 못하는 광경을 보게 될 뿐이었다. 인류는 실력이 모자라는 것은 물론이고, 그곳에 도전하기 위한 상상력조차도 크게 부족했다.

제한 시간까지 28분. 아직 주변에는 별다른 움직임이 보이지 않았다.

"…죄송한데, 쓸데없는 소리 좀 해도 될까요."

레오가 중얼거리자 재프가 조금 전과 마찬가지로 어이가 없다는 투로 답했다.

"하필 지금? 아주 간이 배 밖으로 나왔다, 너?"

심심함이 전염되기라도 한 것인지 그는 가만히 말을 이었다.

"뭐, 나도 궁금하기는 해. 에카테리나 얘기 하려는 거지? 걔가 좀 에로해야지. 터틀넥을 입었을 뿐인데 끝내주게 에로하더라."

"아니에요. 어째, 계속 떨떠름하네요. 뭐라고 해야 할지. 좋은 일을 하는 게 과연 평범한 걸까요."

"그런 말씀을 하시는 것도 이해는 합니다. 특별하다는 것은

결국 사회적으로 보면 악이니까요."

제드가 나뭇가지 위에서 대화에 끼어들었다.

담백한 말투였다. 레오는 재차 고개를 가로저었다.

"라이브라가 하는 일은, 빈말로도 좋은 일이라 할 수 없잖아요. 이 도시가 아니었다면 단번에 징역 300년은 먹고도 남을 일들뿐이니까요."

"그렇습니까? 인간계의 법률에는 어두워서."

"저도 잘은 몰라요."

레오가 한심한 투로 말하자 제드는 놀란 눈치였다.

"인간 사회에서 자랐는데도 말입니까?"

"세상이 지나치게 복잡해져서 이제 전문가가 아니고서는 제대로 알 수가 없거든요. 어린애를 차로 치고 도망친 남자가 있다고 쳤을 때, 그 아이가 아무데도 다치지 않았다는 것을 알고서 실력 좋은 변호사를 붙여서 차에 흠집이 난 것을 변상하라고 고소하면 이기는 경우도 있으니까요. 그러니 다치지 않아도 반드시 병원에 가야만 해요. 머리가 아프다는 소리만 해도 의사는 부상당한 사실을 완전히 부정하지 못할 테니까요."

레오는 한참 동안 이야기를 하고 나더니 길게 한숨까지 내쉬었다.

제드는 답하지 않고 거의 소리를 내지 않으며 나무에서 뛰어 내려왔다. 그야말로 물속을 헤엄치기라도 하듯이.

그러고는 레오의 눈앞에 손을 내밀었다. 무언가가 쥐어져 있었다.

1센트짜리 동전이다.

레오는 동영상 쪽으로 시선을 떨구었다. 화면 속 타락왕도 같은 동전을 쥐고 있었다. 동영상 속에 있는 것을 아무리 그의 눈으로 본들 세밀한 정보를 얻어 낼 수는 없었지만, 그럼에도 어째서인지 알 수 있었다.

"그거, 이 동전인가요?"

"네."

제드는 맞다고 답하고서 동전을 손가락으로 튕겼다. 그러고는 잽싸게 낚아채고서 둘째손가락을 세워 그 위에 얹어놓았다.

"레오 군은 기억하시는군요. 이건 타락왕이 게임의 아이템으로 이곳에 있던 통행인에게 건네준 것인데…."

"제드 씨가 여기서 길거리 공연을 하고 있었던 건, 우연이었죠?"

"네. 타락왕은 화가 나서 우리를 비난했죠. 이런 아무래도 좋은, 그저 평범한 녀석들이 기껏 준비한 게임을 망쳐놓았다면서."

제드는 웃으며 말을 이었다.

"타락왕은 저와 인류―휴머도 구분해 내지 못했습니다. 저 자신의 생김새를 딱히 신경 써 본 적은 없습니다만 솔직히 말해서… 약간 기분이 좋더군요. 하지만 조금 전에는 그렇지 않았죠. 확실히 잘 모르겠습니다. 선량함이라는 건, 대체 무엇일까요?"

"야."

재프가 이야기를 끊었다.

태도로 알 수 있었다. 레오는 다시 시계를 보았다. 제한 시간까지 24분이 남아 있었다.

타락왕이 찾아왔다.

그는 오도카니, 당연하다는 듯이 그곳에 나타났다. 무시무시한 번개도 지진도 일으키지 않고.

하지만 역시 심상치 않은 분위기를 두르고 있었다. 모습을 보인 것은 한 사람뿐이 아니었다. 둘, 셋까지는 셀 수 있었지만 다음 순간에는 수십 명의 타락왕이 광장에 있었다. 그것이 몇 초도 되지 않아 769명이 되었다.

레오는 그 즉시 숫자를 셌다. 동시에 고글 안에서 그들을 응시했다. 전체를 한꺼번에 보면 안구의 힘으로 충분히 구분해

낼 수 있었다.

하지만 다행히 탐색 작업은 그렇게까지 어렵지 않았다. 광장에 잔뜩 모여든 타락왕 중 가장 먼저 레오 일행의 앞으로 걸어나온 타락왕. 그가 레오의 눈이 포착한 진짜였기 때문이다.

"레오나르도 워치. 대체 뭘 하고 있는 건가?"

레오가 끌어안고 있는 노트북에서는 아직도 타락왕의 동영상이 재생 중이었다. 데이터는 동영상 투고 사이트에도 있는 것이라 딱히 희소성이 있지는 않았다. 사실 딱히 이곳에서 재생할 필요도 없었다. 타락왕은 방송국을 해킹한 일을 두고 말한 것이리라.

재프가 입을 열었다.

"보통은 내버려 둘 수가 없겠지. 옛날에 사고쳤던 영상이 흘러나오면."

"그 영상… 나는 이해를 못 하겠군. 하지만, 어쩐지 짜증이나."

그토록 신나 보였던 그는 이제 진심으로 불쾌한 듯 손을 떨었다.

레오는 동영상을 정지시키지 않은 채 노트북을 땅바닥에 내려놓았다.

700명도 더 되는 불쾌한 상태의 타락왕 앞에 서려니 겁이 났지만 그래도 반걸음 앞으로 나섰다.

"게임하실래요?"

"게임 같은 건 안 하네. 나는 진지하게 살고 있으니까."

"그럼 이야기라도요."

'남은 시간은….'

확인할 수가 없었지만 아직 20분도 더 남았을 것이다.

레오는 심장이 평소보다 두 배는 더 빨리 뛰는 것을 느끼며 말했다.

"그러고 보니 그… 피자집에서는 구해 주셔서 고마웠어요. 인사가 늦었네요."

감사 인사를 받자 타락왕의 안색이 밝아졌다.

"아니아니. 별로 대단한 것도 아닌데 뭘 그러나. 살짝 사신(蛇神)을 써서 쓰레기를 외우주에 버린 것뿐이야. 누구든 그렇게 할 걸세."

"그 선택지를 택할 수 있는 사람은 흔치 않을 것 같은데요."

"무슨 소린가. 사람은 혼자서는 살아갈 수 없네. 의욕만 있으면 무슨 일이든 할 수 있지."

"그러면 그건 그런 셈 치고요. 근데 곰곰이 생각해 보니 용기를 부술 필요는 없지 않았나요?"

문득 생각이 나서 물었다. 타락왕은 당연하다는 듯 답했다.

"성답사신(星踏蛇神) 코라 하 구우는 살아 있는 것만 먹는다네. 하지만 막상 먹을 때는 용기째로 먹어치우기도 하지. 납득이 안 가기는 하지만."

"그런 건 어떻게 알았어요?"

"마도를 이해하는 데 도움이 될 만한, 어떤 남자에 관한 이야기를 해 주지. 그는 콩고물을 코로 빨아들이면 숨을 쉬지 않고 12분 동안 잠수할 수 있는 능력을 지니고 있었지. 굉장하지 않나?"

"콩고물?"

레오가 되묻자 페무토는 이마를 손으로 탁 치며 소리쳤다.

"Oh~ 모르는군. 이럴 수가. 으음, 가루라네. 노란 가루. 식용이고 기본적으로 합법이지."

"아아."

"어때, 굉장하지 않나? 실로 굉장한 일 아닌가?"

상대가 신이 나서 말하기에 레오는 일단 장단을 맞춰 주기로 했다.

"네? 네에… 산소는 어떻게 하는 걸까요."

"아니! 이해를 못 하는군."

"네?"

"그 녀석은 어째서 콩고물을 코에 넣고 물에 들어간 걸까. 보통은 안 할 짓 아닌가? 보통은 모르는 채 일생을 마칠 능력이었지. 이렇듯 감춰진 능력이 이 우주에 얼마나 많은지 아나?"

즐거워 보였다.

타락왕은 완전히 딴 사람처럼 변해 버린 상태였지만 지금 이 순간만은 약간 본래의 인격을 되찾은 듯 느껴졌다.

레오는 질문했다.

"지금, 그 사람은 어떻게 됐나요?"

타락왕은 담박하게 답했다.

"물에 들어간 지 13분 만에 익사했지. 그는 능력의 한계시간을 몰랐고 예상도 못 했네. 당연한 일 아닌가?"

그는 팔을 휘둘러… 노래는 하지 않았지만 꼭 오페라 공연이라도 하듯 거침없이 말을 내뱉었다.

"그렇듯, 마술이란 예기치 못한 가능성 그 자체지. 있을 수 없는 일을 일으키는 것. 원칙과 법칙을 모멸함으로써 초래된 무한한 성산(成算)과 그와 같은 양의 배신으로… 세계의 완성을 거부하는 걸세."

"세계의 완성?"

"신의 기적…이라고 바꾸어 말할 수도 있겠지만, 결국은 완벽한 심심함이라는 말씀이지. 마(魔)는 다른 것을 모독하고, 심심함을 잠시 잊게 해 주기 마련이야."

"즐거울 것 같네요."

"그야 당연하지. 나는…."

타락왕이 거기서 입을 다물자 레오가 말했다.

"당신은 특별해요. 그게 당신의 평범함인 거고요."

"잔인한 소리를 하는군, 레오나르도 워치. 어렵게 친구가 되었는데."

타락왕은 진심으로 비탄에 젖은 듯 보였지만.

레오는 미소를 지었다.

이 인물이 평범함이라는 것을 알 리가 없다고 생각했다. 가치가 없는 것의 가치는 말할 것도 없을 것이다. 아무리 우주의 신비에 정통했다 한들 평범함이 어떤 것인지는 모를 것이다.

"사실은 원래대로 돌아가고 싶은 거 아니에요?"

레오가 다시 한번 질문하자.

타락왕의 얼굴에서 감정이라 할 만한 것이 사라졌다.

"시간을 벌려 하고 있지 않나, 레오나르도 워치?"

간파당했다.

'뭐, 뻔히 보이겠지….'

"내가 뭐랬어. 평화적으로는 무리라고 했잖아."

그렇게 말하며 재프가 앞으로 나섰다. 제드도 말없이 나란히 섰다.

타락왕은 두 사람은 개의치 않고 팔짱을 낀 채 생각에 잠겼다.

"시간을 번다. 무엇을 위해서? 우리는 절친한 동료일 텐데, 나만 계획을 모른다라…. 따돌림을 당하는 건 싫은데."

"당신을 원래대로 되돌리려는 거예요."

레오는 말했다.

도박이었다. 타락왕이 받아들이면 아무런 위험한 일도 겪지 않고 이대로 끝날 것이다.

혹여 반발해서 덤벼들 경우에는 남은 시간 동안 어떻게든 저항하며 살아남는 수밖에 없다. 769대 3. 심지어 타락왕은 한 사람만 있어도 쉬운 상대가 아니다.

'시간만 되면.'

레오는 등 뒤에 남겨 둔 노트북을 의식했다. 이 노트북은 해킹툴인 동시에 논리폭탄의 유도책이기도 했다. 이 노트북의 반경 10미터 정도에 페무토를 묶어 둘 필요가 있다.

성공시키려면 이 방법밖에 없다. 가능할지 어떨지는 둘째치고, 재프와 제드의 뒷모습에서는 투지가 넘쳐났다.

'해 보는 수밖에 없어!'

레오도 주먹을 움켜쥐었다. 과연 도움이 될지는 모르겠지만. 이 난전이 성립된다면 자신의 역할은 전체를 투시하며 지원하는 것이 될 것이다. 그냥 보호를 받지만은 않을 것이다. 그렇게 굳게 결심했다.

한편, 타락왕은 지극히 평범한 소리를 내뱉었다.

"싫어! 난 변하고 싶지 않아!"

그러고는 말 떨어지기 무섭게 다 같이 쏜살처럼 달아나기 시작했다.

"……."

몇 초 동안 경직되었다가.

제드가 태평하게 감탄스럽다는 투로 입을 열었다.

"과연. 이것이 평범한 일에 허를 찔렸을 때의, 타락왕의 심정이군요. 조금 이해가 될 것 같습니다."

"그딴 소리나 하고 있을 때냐!"

재프가 외치며 뛰쳐나갔다. 레오도 노트북을 주워들고 쫓았

다.

타락왕들은 무시무시한 속도로 이동했다. 이미 광장에서는 완전히 사라진 뒤였다. 하지만 많은 인원이 한꺼번에 이동하고 있어서 그런지 아직은 추적할 수 있었다. 레오도 진짜 타락왕의 모습을 놓치지는 않았다.

광장을 나선 참에 멈춰 있던 차에 올라탔다. 노트북과 함께 라이브라가 준비해 준 것이었는데, 평범한 렌터카였다.

아스팔트를 모조리 깎아 낼 기세로 타락왕을 쫓아, 차가 출발했다.

"텔레포트는 안 하는 모양이구만."

우르르 집단으로 이동하는 타락왕을 보며 재프가 중얼거렸다. 조수석에 탄 제드가 동의했다.

"꽤나 당황한 모양이군요."

"추적 어플리케이션을 켜서 거기 있는 내비게이션에 연결할게요."

노트북의 조작 자체는 단순해서 레오 같은 일반인도 어렵지 않게 다룰 수 있었다.

재프의 운전은 거칠다기보다는 엉망이었지만 절묘하게 균형을 잡아 아슬아슬하게 사고가 나지 않을 궤적을 그리며 달렸다. 레오는 시가지를 시속 몇 킬로미터로 달리고 있는지 생각하지 않으려 애를 쓰며 타락왕의 행방을 확인하는 데 전념했다. 딱히 목적지는 없는 듯했지만.

그 광장에서 전투가 벌어졌을 경우는 이길 확률이 절망적이었지만 각오가 되어 있었다.

하지만 뒤도 안 돌아보고 달아나리라고는 정말로 생각지도 못했다.

'아직 평소와 같은 타락왕이라는 생각이 남아 있었던 탓이겠지…!'

속도를 높여 쫓았다. 남은 시간은, 14분.

[50미터 앞에서 우회전하십시오.]

"우랴아아아!"

내비게이션의 음성이 채 끝나기도 전에 재프가 핸들을 꺾었다. 속도가 오른 상태라 2초 안에 반응하지 않으면 지시한 지점을 지나치고 말 정도였다.

크게 기울어진 차제는 아슬아슬하게 전복되는 사태를 면하고 균형을 되찾았다. 그 후에도 좌로 우로 쉴 새 없이 기울어지기를 반복해, 달릴 때보다 타이어가 공중에 떠 있는 시간이 더 길었다. 차량의 중량 덕분에 간신히 전복되지 않고 있는 것이다.

"타락왕이 지그재그로 달리고 있네요!"

"그래 봐야 소용없어! 울부짖어라, 에코 테크으으으!"

"그건 그냥 환경에 좋은 차란 소리잖아요."

또다시 날카로운 각도로 커브를 돌자….

그 앞에서 거대한 상어가 기다리고 있었다.

"?!"

말은커녕 비명도 나오지 않았다.

차는 쩍 벌어진 상어의 주둥이를 향해 달렸다. 멈출 수가 없었다.

'잡아먹힌다!'

그런 생각을 한 참에 차는 상어를 통과했다.

하지만 무사하지도 않았다. 차가 소리도 없이 정확히 두 쪽으로 갈라졌다. 아무 것도 할 수 있는 게 없기는 했지만 이제 다 끝났다고 단념할 시간은 있었다. 하지만 두 동강난 차량에서 상대 시속 80마일의 도로로 곤두박질치기 직전에 재프와 제드의 손이 레오를 떠받쳐 파멸에서 구해 냈다.

세 사람이 착지하고 나서 보니.

그곳은 공사 중인 지하주차장이었고 아직 천장이 없었다. 어쩌면 완성된 지하주차장에서 지상 부분이 뜯겨나갈 만한 무언가가 일어난 것일지도 모른다. 아무튼 모양새만으로 말하자면 꼭 구덩이처럼 되어 있었다.

세 사람은 그 바닥으로 떨어진 듯했다. 몇 미터 정도 되는 깊이의 밑바닥에서 올려다본 구덩이 가장자리에 많은 사람들이 몰려들어 있었다. 도망치는 동안 이리로 모여든 모양이었는데 특별할 것이 전혀 없는, 평범한 주민들처럼 보였다.

타락왕이 그들 앞으로 우아하게 걸어 나왔다.

"2차원 상어의 이빨 맛은 어떻던가? 도시의 평화를 위협하는 악의 괴물들."

그가 포즈를 취하자 커다란 환호성이 터져 나왔다. 구경꾼들이다. 흥행물처럼 분위기가 달궈져 버렸다.

"도망친 게 아니라 유인한 건가."

함정에 빠졌음을 알아챈 재프가 후회 섞인 투로 말했다.

레오는 단단히 끌어안고 있던 노트북을 확인했다. 망가지지는 않았다. 남은 시간은 5분.

그는 곁눈질로 주변을 관찰하며 중얼거렸다.

"환술의 반응이 있어요. 아마 우리는 흉악한 분위기의 무언가로 보이지 않을까 싶은데요."

"죽~여~라! 죽~여~라!"

"타락왕 님, 저희를 구해 주세요오오!"

위에 있는 녀석들은 아주 신이 나 있었다. 이 짧은 시간에 타락왕에게 냉큼 심취된 것도 그렇고 어지간히 단순한 인간들 같았다.

하지만.

"……."

"왜 그러냐, 실눈? 지금보다 더 가늘게 뜰 수 있는지 도전하는 거냐?"

"아뇨."

레오는 문득 알아채고 말았다. 딱히 전황에 중요한 요소는 아니었지만.

위에 모여 있는 것은 '평범'한 인간들뿐이었다.

그런 그들이 타락왕을 자신들의 편이라 여기고 칭송하며 괴물을 죽여 평범한 세상을 되찾으라 외치고 있었다.

그리고 굳이 말하지는 않았지만, 제드에게서는 환술의 영향을 받은 낌새가 느껴지지 않았다.

"동정은 관둘래요. 기분 더러우니까 작살내 버리죠."

"안 그래도 하려던 참에 명령하지 마라. 네가 우리 엄마냐?"

재프는 이미 의욕이 넘쳤다. 어쩌면 같은 사실을 알아챈 것일지도 모른다.

"문제는 어떻게 하느냐 하는 거군요. 호락호락하지는 않을 것 같지만요."

제드는 후방을 경계하고 있었다. 그쪽에서 다른 타락왕이 또 한 명 나타났다.

"쇼의 분위기를 띄우기 위해 2대 2로 붙자는 건가. 저쪽이 무대로 내려왔으니 푸념해 봐야 입만 아프겠구만. 잡소리는 빼고 붙어 보자고."

재프가 피로 된 칼날을 뽑았다.

그 모습이 구경꾼들의 눈에 어떤 마물로 보였을지는 모르겠지만, 아마 실물을 보았어도 같은 반응을 보였을 것이다. 그들은 숨을 죽이고서 충분히 거리가 떨어져 있음에도 가장자리에서 반걸음쯤 뒤로 물러났다.

"재프 씨의 정면에 있는 타락왕이 진짜예요. 기폭은… 4분 후고요."

레오가 말했다. 임전태세에 돌입한 두 사람은 답이 없었다.

대신 페무토가 입을 열었다.

"그러고 보니 건물이 떨어진 걸 막아 준 일에 대해서는 고맙다는 말을 못 들은 것 같은데."

좀 전에 하던 이야기의 연장선이었다.

레오는 쌀쌀맞게 답했다.

"그건 자작극이었잖아요."

"그래도 기분은 괜찮지 않았나?"

"그러네요. 간단하면서도 근사한 방법이었어요. 그건 인정할 게요."

"…자네는 그다지 평범하지 않은 것 같은걸. 레오나르도 워치."

"당신도 너무 자신하지 않는 게 좋을걸요."

"나는 자부할 수 있어! 너무도 충실하게 살고 있다고! 평범한 사람은 이런 시답잖은 일에 일일이 만족할 수 있다고!"

"뭐, 그렇긴 하죠."

그 순간.

재프가 날아갔다. 기습… 아니, 공격을 한 것은 재프 쪽이었다. 타락왕은 재프가 날린 칼날의 옆면을 손가락으로 밀어낸 것뿐이었다. 그다음 재프의 배를 후린 것은 타락왕의 머리카락에서 뻗어 나온 무언가의 촉수였다. 재프는 요란하게 땅바닥을 구르다 네 바퀴째에 일어났다.

또 한 명의 타락왕도 움직이고 있었다. 상대는 제드다. 그는 간결하고도 합리적인 궤도로 움직이고 있었다. 재프의 동작이

춤 같다면 제드의 동작은 기하학적이라고 해야 할까.

곧 양쪽의 움직임을 육안으로 좇기 힘들게 되었다. 그토록 빠르게 가속했음에도 시간의 흐름은 느리기만 해서 소름이 돋았다. 3초도 지나지 않았지만 상황이 어지럽게 마구 바뀌었다.

바닥을 기어 출현한 커다란 뱀의 몸을 쓸 듯 재프가 칼날을 당겼다. 요리사 같은 솜씨로 가죽을 벗겨 내자 뱀은 불타올라 재가 되었다. 제드는 갑자기 방어전을 멈추고 계속 후퇴했다. 그를 공격하고 있는 것은 뱀의 무리였다. 심지어 지난 곳을 금으로 바꾸는 뱀. 제드가 펄쩍 뛰어 물러난 자리에는 군데군데 금으로 된 물웅덩이가 생겨났다. 제드는 달아나며 소용돌이치듯 날아드는 뱀들을 한 마리 한 마리 처리해 나갔다. 섣불리 기류를 헝클어뜨리면 적의 모습을 놓칠 수도 있기에 기술을 봉인하고 있는 듯했다.

재프는 속속들이 닥쳐드는 재앙들을 버드나무 줄기처럼 피해 나갔다. …아니, 정확히 말하자면 거의 대부분을 맞으며 목숨만 건진 채 달아나고 있었다.

레오는 모든 것을 꼼꼼하게 눈으로 좇았다. 뭔가 타개책이 될 만한 것을 찾기 위해. 남은 시간은 이제… 4분. 전혀 시간이 흐르지 않았다.

'말도 안 돼….'

소름이 돋았다. 그리고 그 순간.

강렬하게 살을 때리는 클린 히트음이 들려오는 바람에 공포심이 치솟았다. 재프나 제드 중 한 명이 당한 줄 알고 그쪽을 쳐다보았다. 하지만.

공격을 맞고 쓰러진 것은 타락왕이었다. 그것도 진짜 쪽이, 재프의 발차기를 맞고 쓰러졌다.

재프와 제드, 타락왕들과 구경꾼들 사이에 순간적으로 정적이 흘렀다. 무슨 일이 일어난 것인지 알 수가 없었다.

레오 역시 마찬가지였다. 한 곳에 의식을 집중하지는 못했지만 모두의 움직임은 보고 있었다. 타락왕은 분명 재프의 타격을 막은 듯 보였다. 그럼에도 불구하고 당했다. 그는 배를 부여잡은 채 일어났다.

"이야아, 과연 대단한 걸. 나의 방어를 뚫을 필살기를 가지고 있었다니…."

그런 것은 없다.

있었다면 아껴 둘 이유가 없지 않은가.

'그렇구나.'

레오가 소리쳤다.

"두 분 다 이리로 와 주세요!"

"엉?"

타락왕이 동요해서 움직임을 멈춘 사이에 재프와 제드를 불러들었다. 두 사람은 상대에게 시선을 고정시킨 채 레오를 사이에 두고 등을 맞대고서 타락왕들을 향해 경계 자세를 취했다.

레오는 작은 목소리로 속삭였다. 아직 직감에 불과한 것을 목소리에 실어 말로 자아냈다.

"방금 전 건 충돌이 일어난 거예요."

"뭔 소리야."

"저 둘이 동시에 힘을 쓰려고 하다 실수한 거라고요. 저는 양쪽을 다 보고 있었잖아요."

"확실하냐?"

"몰라요."

"야 인마."

"별수 없잖아요. 하지만 믿어 봐요. 술법을 사용하고 있는 건 어디까지나 폐무토 한 사람이에요. 다 같이 타락왕 한 사람의 힘을 빌려서 사용하고 있는 것뿐이라고요."

빠른 말투로 설명했다. 타락왕은 아직 상황을 살피고 있었지만 오래 가지는 않을 것이다.

"타이밍을 맞춰서 공격하면 적은 동시에 술법을 사용하려고 할 거예요. 각각 절반씩 힘을 쓰는 페무토라면… 이길 수 있을지도 몰라요."

재프가 입술을 일그러뜨리는 것이 낌새로 느껴졌다.

"상대의 힘이 반감돼도 우린 이길 가능성만 있다 이거냐? 우리가 우습지?"

"자로 잰 것처럼 파워가 딱 절반이 된다고 쉽게 이길 수 있는 상대가 아니잖아요. 하지만 모종의 어긋남이나 빈틈은 생기지 않을까요. 지금부터 두 분의, 오른쪽 눈의 시야만 교체할게요."

"…그런 짓도 할 수 있냐?"

"해 볼게요. 아마 길어 봐야 몇 초겠지만. 새로운 시도를 할 때는 대개 그러니까요. 유파가 같은 두 분이 아니면 못 할 걸요. 한 치의 차이도 나지 않는 동시공격은."

마지막 기회다. 대치 상태를 유지하는 것도 한계다.

제드는 아무 말도 하지 않았다. 어떠한 결정을 내리든 판단을 맡기겠다는 뜻이리라.

재프가 물었다.

"우리밖에 못 할 거라고? 아니, 우리가 할 수 있을 거라고 보냐?"

"네."

끝이다. 끝으로 레오는 덧붙여 말했다.

"2분 남았어요. 여기서 쓰러뜨리면 우리의 승리고, 지면…."

"어떻게 되는데?"

"우리 일이, 좀 편해지지 않을까요."

"이상하게 그건 또 싫네."

시작됐다.

레오는 신들의 의안에 바랐다. 꺼림칙하고, 아주 넌더리가 나는 힘이었지만. 그래도 소원을 이루어 주기만 한다면, 사소한 것이라도 포착할 수 있다면, 지금은 봐줄게…!

전투를 재개하고서 펼칠 첫 공격이 승부처라는 것은 알았다. 두 타락왕이 거의 동시에 움직일 때가 가장 좋은 타이밍일 것이다. 다시 말해서 아직 아무 것도 하지 않고 있는 지금이.

제발. 재프와 제드의 오른쪽 눈의 시야만 전환되었다.

두 사람의 사이는 물과 기름 같았다. 분열된 타락왕들과는 달라도 너무 달랐다. 공통점은 없는 것이나 다름없었다. 하지만 목적을 띠고 움직일 때, 그 차이는 아무런 제약이 되지 않았다.

두류혈법 카구츠치. 미려한 신속의 광채. 그 끄트머리에 홍련의 꽃잎이 펼쳐졌다….

두류혈법 시나토베. 고요하고 보이지 않는 그림자. 그 끄트머리가 차가운 발자국을 남겼다….

그 둘은 동조할 수 있다. 정체 모를 마도의 지혜도, 논리폭탄도 필요 없다. 평범하게 할 수 있는 일이다.

살을 때리는 소리가 한 차례… 하지만 앞뒤 양쪽 방향에서 들려왔다.

완전히 똑같은 자세로 공격을 맞은 타락왕이 땅바닥을 나뒹굴었다. 맥없이. 구경꾼들은 실제로 무슨 일이 일어난 것인지 이해가 되지 않았을 것이다.

그들은 온갖 소리를 치며 흩어졌다. 위쪽에서 비명과 욕설이 들려오는 가운데 레오는 기절한 타락왕의 옆에 노트북을 내려놓았다.

시간이 되기를 기다렸다. 제한 시간까지 1분… 30초… 10….

남은 시간이 0이 된 순간.

타락왕은 사라졌다.

쓰러져 있던 또 한 명의 타락왕을 바라보았다. 그쪽도 모습이 바뀌어 있었다. 페무토가 아니다. 평범한 남자다. 가만 보니 버스정류장에서 깡패에게 죽을 뻔한 그 남자였다. 눈에 띄는 아프로 머리에 조잡한 모조 타락왕 마스크, 옷은 환자복을 입고 있었지만.

피곤함이 확 몰려와서 레오는 그 자리에 무릎을 꿇었다. 재프, 제드도 마찬가지였다. 또다시 스마트폰이 동시에 울렸다. 무슨 일로 연락을 했는지는 짐작이 갔고 바로 확인해야 한다는 것도 알았다. 하지만 그럼에도 레오는 전화를 받지 않고 그 자리에 벌렁 드러누웠다.

착신음에 라이터를 켜는 소리가 섞였다. 재프일 것이다.

"가만 생각해 보니 말이야."

그가 연기를 내뱉으며 이런 소리를 했다.

"적대선언 안 하고 뒤통수를 쳐도 되지 않았냐? 한 번은 성공했었잖아."

"……."

레오는.

무시했다.

7
One second
two seconds.

（그 둘은 의외로 구분이 가지 않는다）

GOOD AS GOOD MAN

"앗."

동료들보다 두 걸음 정도 뒤쳐져서 걷던 레오나르도 워치는 횡단보도를 건너지 못해 혼자 남겨지고 말았다.

차가 몇 대 지나가고 나자 길 반대편에서 기다리는 동료 두 사람의 모습이 보였다. 다시 버튼을 눌러 신호가 바뀔 때까지 기다린다 해도 1분이 채 걸리지 않을 테지만, 차량 통행이 끊기면 그 틈에 냉큼 건너 버릴까 어쩔까를 잠시 고민했다.

…이전과 다른 점이 있다면 주변 보행자들에 맞춰 걸음을 뗄 뻔했다는 것이리라. 하지만 결국 그만두었다.

일상은 변하거나, 변하지 않기를 반복하기 마련이다. 그리고 그 둘은 의외로 구분이 가지 않는다.

"늘 그랬지만 더럽게 굼뜨네~"

"죄송하게 됐네요."

길을 건너자 기다리고 있던 재프가 오만상을 다 쓰기에 레오는 고개를 숙였다.

볼일이 있기에 갈 길을 서둘렀다. 하지만 길 건너편에 위치한 벤치를 발견하고는 0.5초 정도 걸음 속도를 늦췄다.

"…왜."

재프가 의아하다는 투로 물었다.

"아뇨."

그곳에 남자가 서 있었다. 양복을 입은 평범한 남자다. 볼륨감 있는 아프로 머리가 눈에 익었다. 어쩌면 그냥 닮은 사람일지도 모른다. 옷차림새도 다르고, 타락왕의 마스크도 쓰고 있지 않으니. 누군가를 기다리는 것인지 얌전하게 서 있었다.

"아~ 저 녀석? 그러고 보니 저 녀석의 짐에서 투명 세이프티키가 나왔다던데. 투명 로봇이라는 걸 가지고 있다는 게 정말이려나?"

재프도 통, 하고 손바닥을 주먹으로 두드리며 기억해 냈다. 레오는 아프로 머리의 근처를 어슬렁거리며 벽에 붙은 이끼를 열심히 핥고 있는 길빈 비 바부비비 3세에 관한 이야기가 아니라고 부정했다.

"아뇨, 그쪽 말고 아프로 머리 쪽이요. 일전에 가짜 타락왕이었던 사람 아닐까 싶어서."

"그런가아?"

의아해한다기보다는 단순히 사내놈 얼굴 같은 걸 왜 기억하냐는 듯한 뉘앙스였다.

어찌 되었든 중요한 일도 아니다. 본래의 인격을 되찾은 768명은 모두 자신의 자리로 돌아갔다. 그리고 이제 다시 사건과는 무관한 생활을 하고 있다.

다시 걸음을 뗐다. 이번에는 그다지 뒤처지지 않은 채로 레오가 말을 이었다.

"마지막에 가서야 납득이 되더라고요."

"뭐가."

재프는 아직 거대 투명 로봇이 신경 쓰이는 눈치였다. 레오는 도움도 안 되는 재프는 내버려 두고 제드에게 말했다.

"타락왕이 마법의 폭탄 정도로 그렇게까지 변해 버린 거요."

"그 원리는 이미 해명되지 않았습니까?"

"원리 같은 거 말고요. 요컨대 딱히 무슨 자격이 있어서 고상하게 구는 건 아니니, 평범한 게 제일이라는 소리를 하다 보면 누구든 어이없이 평범한 사람 이하까지 타락할 수 있는 거구나, 싶더라고요."

진짜로 넌더리 나는 소리를 들었다는 듯이 재프가 얼굴을 찌푸렸다.

"타락왕이 고상하냐?"

"늘 혼자서 게임을 준비하고, 온 힘을 다해 궁리했는데도 매번 지잖아요. 그래도 웃으며 다음이 더 기대된다고 할 줄 아니 굉장한 사람이라는 거죠."

그러자 이번에는 진짜로 어이없어 죽겠다는 듯한 표정으로 재프가 중얼거렸다.

"진짜로 우리 중 네가 제일 맛이 간 놈 같다. 말 같은 소릴 해야지."

그때.

문득 주변에 정적이 흘렀다.

그것은 어떠한 예감 때문이라기보다는 전자적인 징조 때문이었다. 휴대전화와 스마트폰을 비롯한 온 도시의 모든 패널이 일제히 암전된 것이다. 소리가 끊기더니 그 목소리가 들려왔다….

"안녕하신가, 헬사렘즈 로트에 사는 제군…."

화면에 비친 것은 타락왕이었다. 거리에 나온 사람들이 걸음을 멈추자 정적과 정지가 일대를 지배했다. 모두가 뭐든 정보를 얻고자 화면에 시선을 고정시키고 있었다.

재프도 근처에 있던 광고 패널을 올려다본 채 욕지거리를 하듯 중얼거렸다.

"나 원, 또 그 고귀한 게임인지 뭔지인가?"

"원래대로 돌아간 모양이군요."

제드가 그렇게 말했다. 재프도 고개를 가로저었다.

"뭐~ 그러셨겠지."

화면 속의 타락왕은 유려한 동작을 취하며 잠시 시간을 끌었
다. 지난번에 실패했던 것은 전혀 기억 못 하는 듯 보이는 것
까지 평소와 같았다. 정말로 기억을 못 하는 것일지도 모른다.

"자아, 이 도시에 어제 죽은 누군가와 똑 닮은 인조생물을 하
나 풀어놓았네. 그를 간파하고 이름을 맞추면 강부신(强腐神)
구루게라트펠의 강림 매개체가 되기 전에 소멸시킬 수 있지.
유예시간은 30분이네…."

"30분이라. 복수랍시고 저러는 건 아니겠지? 망할."

"…정말 원래대로 돌려놓는 게 나았던 걸까요."

저마다 그런 말을 주고받으며 재프와 제드가 왔던 길로 달려
나갔다.

"야, 네 실눈으로 찾기 쉬울 높은 곳부터 찾자! 어제 죽은 사
망자 리스트는 3분 이내에 올 테니 그때까지 준비하고 있어야
지."

"어제는 크레인 연쇄 붕괴 사고가 있었잖아요. 어느 정도 추려내지 않으면 리스트 보느라 시간 다 갈 걸요."

시시각각 계획이 정해졌다.

레오도 왔던 길로 다시 뛰어가던 도중에.

소란이 벌어졌음에도 개의치 않고 행진 중인 누들형 생물과 스쳐 지나갔다.

일상은 변함없이 어디에서나, 누구에게나 평범함을 선사해 준다.

혈계전선 —GOOD · AS · GOOD · MAN— 마침

후
기

수고하셨습니다…!!

이번에는 페무토가 잔뜩 나옵니다!! 라는 이야기를 들은 순간 '말이 되냐…!! 끝내주네…!!'라는 생각이 들었습니다.

다음 순간에는 머릿속에 이 표지가 떠올랐죠.

자아, 그럼 내용은 어떨까 하고 보니….

나이토
야스히로

정말로 제대로 된 이유 탓에 페무토가 잔뜩 나오잖아…! 말이 되네…!! 진짜 끝내줘…!!

아키타 씨, 정말로 고맙습니다…!! (딱히 용광로에 들어갈 생각은 없지만 엄지를 세우고 미소를 지은 채로.)

안녕하십니까! 소설화 두 번째 작품입니다.

혈계전선은 언제 봐도 미로 같은 장소입니다만 여전히 즐겁군요.

이런 장소에서 또 놀 기회를 주셔서 감사할 따름입니다.

아무튼 그럼 이만!

아키타
요시노부

"그래서, 누가 내 아빠야?"
레오와 재프 앞에 나타난 소녀.
그녀의 한마디가 이 세상의 미래가 걸린
싸움의 막을 올렸다.
비밀결사 라이브라의
알려지지 않은 이야기, 소설화!!

血界戦線
혈 계 전 선
—ONLY · A · PAPER · MOON—

나이토 야스히로   아키타 요시노부

값 6,800원

호평 발행 중!!

혈계전선 소설화, 제1탄!
재프에게,
숨겨진 아이가
있었다?!

혈계전선
-GOOD·AS·GOOD·MAN-

2019년 3월 7일 초판 발행

저자 아키타 요시노부 | **원작·일러스트** 나이토 야스히로 | **옮긴이** 정대식
발행인 정동훈 | **편집 전무** 여영아
편집 팀장 김태헌 | **편집** 노혜림 임지수
발행처 (주)학산문화사 | 서울특별시 동작구 상도로 282 학산빌딩
편집부 02.828.8838(전화), 02.828.8890(팩스) | **영업부** 02.828.8961~5(전화), 02.828.8989(팩스)
홈페이지 www.haksanpub.co.kr | **등록** 1995년 7월 1일 | **등록번호** 제3-632호

ISBN 979-11-6330-928-4 04830
ISBN 979-11-256-8072-7 (세트)
값 7,000원

나를 좋아하는 건 너뿐이냐 4

라쿠다 지음 | 브리키 일러스트

〈제22회 전격소설대상〉 '금상' 수상작!
드디어 TV애니메이션화 결정!!

이번에야말로 나는 완전히 졌어. 어? 무슨 소리냐고? 뻔하잖아. 팬지=산쇼쿠인 스미레코 '쟁탈전'에서 내가 패배했던 소리야. 눈앞에는 엄청난 녀석이 버티고 있어. 그 최강무적인 팬지의 천적이 나타났다. 배경 캐릭터를 졸업하고 성장한 나라고 해도 솔직히 승산은 전혀 없다고 봐야겠지. 하지만 팬지를 되찾기 위해서, 팬지의 '저주'를 풀어 주기 위해서는 할 수밖에 없잖아? 녀석은 항상 내 악담만 해서 짜증나고, 지금도 여전히 싫지만, 그래도 때로는 조금 지켜주고 싶다. 그러니까 선언하지. 나는 진짜 내 모습을 보여 준다. 그리고 팬지에게 사랑 고백을 한다. 고등학교 생활 중에서 가장 큰 승부다. 자, 기다려라, 강적!

(주)학산문화사 발행

크로니클 레기온 2

타케즈키 조 지음 | BUNBUN 일러스트

『캄피오네!』 타케즈키 조 신작!
환상과 역사가 교차하는 패도전기, 제2탄!

대영 제국군의 침공을 타치바나 마사츠구가 격퇴한 지 사흘. 여전히 스루가에 갇힌 와중에도 황녀 시오리와 마사츠구는 은밀하게 반격의 기회를 엿보고 있었다. 하츠네가 일족 비전의 명 '쿠로호간 요시츠네'를 계승하는 것에 성공해 마사츠구의 세력은 전력을 보강했지만, 대영 제국군의 흑태자 에드워드에 의해 하코네가 함락당했다는 보고가 들어온다. 게다가 사자심왕이라는 이명을 지닌 전설의 영국 왕, 리처드 1세가 증원으로서 황국 일본의 땅을 밟는다! 진홍색 레기온을 이끄는 전설의 대영웅에 맞서, 아직도 기억을 되찾지 못한 마사츠구와 시오리가 쓸 전략은 과연?! 유구한 시간을 넘어 드디어 부활자끼리의 싸움이 막을 올린다!!

(주)학산문화사 발행